AF463650

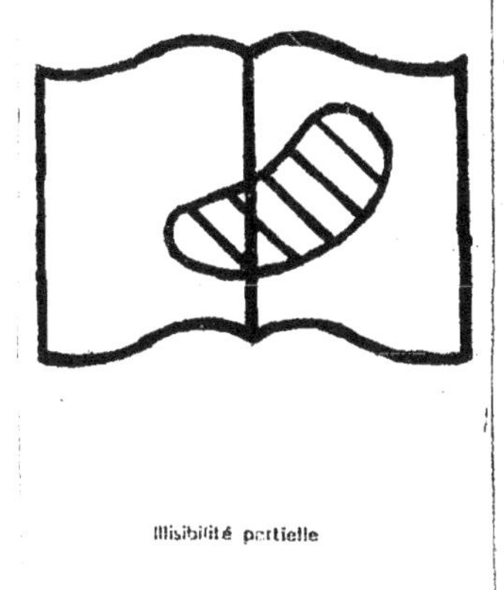

Illisibilité partielle

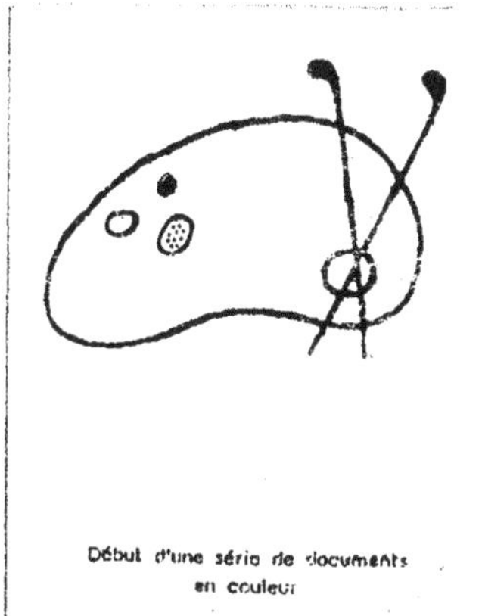

Début d'une série de documents en couleur

S POUR TOUS

N° 12 le roman complet 50 c.

GUSTAVE LE ROUGE

LE MYSTÉRIEUX DOCTEUR CORNÉLIUS

Les Chevaliers du Chloroforme

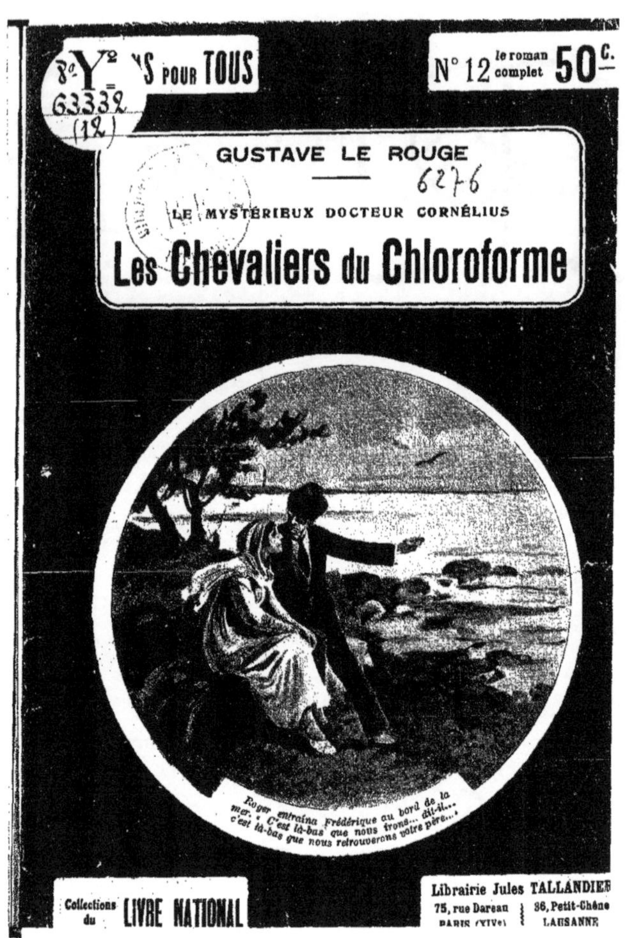

Roger entraîna Frédérique au bord de la mer. « C'est là-bas que nous irons... dit-il... c'est là-bas que nous retrouverons votre père... »

Collections du LIVRE NATIONAL

Librairie Jules TALLANDIER
75, rue Dareau PARIS (XIVe) | 36, Petit-Chêne LAUSANNE

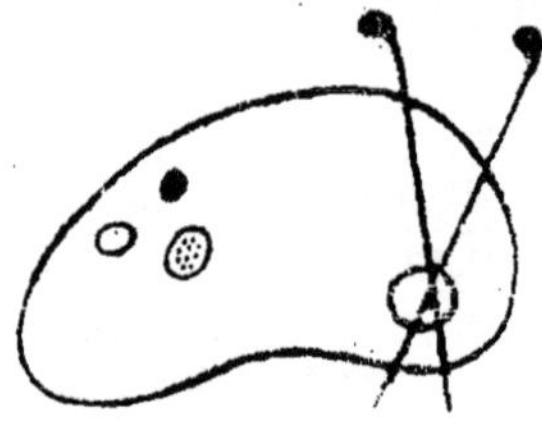

Fin d'une série de documents
en couleur

GUSTAVE LE ROUGE

LE MYSTÉRIEUX DOCTEUR CORNELIUS

LES Chevaliers du Chloroforme

ROMAN

LIBRAIRIE JULES TALLANDIER
75, RUE DAREAU, 75 | 36, PETIT-CHÊNE, 36
PARIS (14e) | LAUSANNE

Épisodes du **MYSTÉRIEUX DOCTEUR CORNÉLIUS**
déjà parus
dans la collection des *ROMANS POUR TOUS* :

N° 3. — LE MYSTÉRIEUX DOCTEUR CORNÉLIUS.

N° 6. — LE SCULPTEUR DE CHAIR HUMAINE.

Les Chevaliers du Chloroforme

PREMIÈRE PARTIE

LE SECRET DE L'ILE DES PENDUS

CHAPITRE PREMIER

LE CHERCHEUR DE SENSATIONS RARES

Il était deux heures du matin.

Les clients du *Lapin Rouge*, un cabaret situé près des Halles centrales et fréquenté seulement par la lie de la population parisienne, se pressaient tumultueusement dans la grande salle du rez-de-chaussée. L'absinthe et le vin blanc coulaient à flots sur le comptoir de zinc autour duquel se bousculaient, confusément mêlés, les souteneurs aux cravates voyantes, au regard oblique et luisant, et les honnêtes travailleurs qui s'occupent chaque nuit au déchargement des légumes et des primeurs.

Il y avait là des chiffonniers dont la carriole attelée d'un âne étique attendait dans la rue, des ramasseurs de bouts de cigare à la besace de toile gonflée de « mégots », des camelots chargés d'un pesant rouleau de journaux du soir, des Arabes et des nègres, marchands d'olives, de pistaches ou de bijoux en toc, des mendiants qui comptaient dans un coin les sous de la recette quotidienne ; race nocturne et fantastique qui ne sort de ses tanières qu'après le soleil couché et qui ne se trouve à l'aise que dans les *ténèbres*.

Trognes rubicondes ou faces blafardes, tout ce monde riait, chantait, sifflait, faisait tapage, aux accents de la guitare qu'une musicienne en guenilles faisait bourdonner vaguement, en dépit des défenses du patron ; tout ce monde aussi mangeait de grand appétit des saucisses arrosées de vinaigre, des cornets de frites ou des portions de rosbif chevalin d'un rose appétissant. C'était un vacarme étourdissant, une cohue grouillante qui faisait songer aux antiques sabbats.

Du seuil de la porte, un personnage, dont la maigreur se drapait dans une ample pèlerine à carreaux jaunes et bleus et que coiffait un feutre cavalièrement relevé sur l'oreille, contempla quelque temps ce tableau avec le sourire d'un philosophe, mais un sourire jeune pourtant et naïf encore, malgré ses longs cheveux gris et sa barbe broussailleuse. Mais il aperçut sous un auvent une marchande de soupe en plein vent fort occupée à servir sa guenilleuse clientèle et, machinalement, il se prit à fredonner les couplets d'une vieille chanson du quartier Latin (1) :

Lorsque le matin aux Halles on se rue
Et qu'on sent monter des graisseux pavés
L'odeur de lilas, l'odeur de morue,
Vers ton grand banquet, ô soupe à deux sous,
Nous débarquons tous, nous, les décavés !

L'inconnu secoua mélancoliquement la tête comme pour chasser des souvenirs importuns, puis après un moment d'hésitation — et non sans avoir vérifié la présence d'une pièce de cinq francs dans la poche de son gilet, — il pénétra dans le bouge, se fraya un passage à travers la malodorante cohue et alla s'asseoir à une des poisseuses tables de marbre qui occupaient le fond de la salle.

— Je commence à avoir une faim de tous les diables, murmura-t-il en aparté, et, se penchant par l'huis entre-bâillé de la cuisine, il appela d'une voix forte :

— Emile !

Un garçon aux épaules d'athlète, au front bas, au cou de taureau, se montra chargé de bouteilles et de plats.

— Voilà, monsieur, que faut-il servir à monsieur ?

— Vous me donnerez un rosbif bien *saignant*, des pommes frites, une chopine et deux sous de pain.

— Et une serviette ?

— Bien sûr.

L'inconnu, aussitôt servi, se mit à manger de grand appétit.

A ce moment, une auto de haut luxe s'arrêta devant l'assommoir ; il en descendit un gentleman d'une impeccable correction, le monocle à l'œil, une orchidée à la boutonnière, qui, silencieusement, alla s'asseoir à côté de l'homme à la pèlerine.

Le nouveau venu offrait une physionomie d'une régularité parfaite, sa face entièrement rasée avait le pur profil d'une médaille antique, mais il était d'une pâleur mortelle, ses yeux verts ne jetaient que de ternes lueurs, et ce beau visage exprimait une profonde indifférence ; il semblait figé dans une

(1) *La soupe à deux sous*, du regretté poète Dalbard.

impassibilité marmoréenne que rien ne devait être capable d'émouvoir.

Avec des ricanements où il y avait pourtant quelque chose qui ressemblait à du respect, les miséreux s'étaient écartés en murmurant :

— Tiens, milord Bamboche !

Et ils regardaient avec des yeux allumés de cupidité ses doigts chargés de bagues et les grosses perles qui lui servaient de boutons de chemise.

Un silence impressionnant régna quelque temps dans le cabaret, puis, à voix basse, les conversations reprirent peu à peu.

Celui qu'on avait appelé milord Bamboche n'avait pas paru un seul instant se douter de l'attention dont il était l'objet. Emile, le garçon, sans attendre qu'on lui en donnât l'ordre, apporta respectueusement une bouteille de champagne que l'étrange consommateur se mit à déguster à petites gorgées, après avoir allumé un havane bagué d'or qu'il tira d'une boîte enrichie de pierres précieuses.

Le dineur solitaire ne put s'empêcher de jeter un regard curieux sur ce voisin inattendu qui paraissait aussi à l'aise, aussi tranquille dans ce bouge, où les meurtres n'étaient pas rares, que s'il se fût trouvé dans le fumoir du château que — sans nul doute — il devait posséder quelque part. Milord Bamboche contemplait tranquillement la foule des loqueteux qui reniflaient avidement l'odorant parfum du régalia.

— Drôle de type ! grommela l'homme à la pèlerine ; quelque excentrique, sans doute.

Son modeste repas était terminé ; il appela le garçon et lui remit négligemment son unique pièce de cinq francs.

Emile avait pris derrière son oreille un bout de crayon et additionnait sur le marbre de la table.

— Soixante de portion, dix de pain, dix de serviette, trente de vin, ça fait vingt-deux sous !

Emile, pour rendre la monnaie, avait pris la pièce entre ses dents, mais, d'un geste brutal, il la rejeta sur le marbre où elle rendit un son mat.

— Vieux farceur, ricana-t-il, elle est en plomb, la thune, et moi qui ne me méfiais pas... C'est qu'il a failli me faire le coup !

L'homme était devenu blême.

— C'est que, monsieur Emile, bégaya-t-il en baissant la tête, je n'ai pas d'autre argent... je... j'ai été trompé tout le premier.

— Y a pas de m'sieu Emile ! Tout ça, c'est des blagues. Aboule tes vingt-deux ronds ou j'appelle le sergot qui est au coin. Quand on n'a pas de galette, on ne croûte pas ; moi, je n'connais que ça...

Le malheureux, dont la bonne foi était évidente, paraissait en proie à un tremblement convulsif. Il jetait autour de lui les regards suppliants et désespérés d'un chien qui se noie, mais il ne rencontrait autour de lui que les faces hostiles, implacables, des miséreux : tous prenaient parti pour le garçon.

— Emile a raison, bien sûr, murmuraient-ils. Le vieux ira finir sa nuit au poste, c'est bien fait !...

Le patron, qui trônait derrière le zinc, lança d'une voix bourrue :

— Allons, oust, finissons-en ; ces histoires-là, ça arrête la consommation. Emile, allez chercher un agent et vivement !

A ce moment, milord Bamboche, qui avait observé toute cette scène sans qu'un muscle de son visage tressaillît, jeta un louis sur la table.

— Payez-vous, fit-il, et laissez ce gentleman tranquille.

Personne ne broncha. Emile rendit la monnaie avec un sourire obséquieux, pendant que milord Bamboche, imposant silence d'un geste aux remerciements de son obligé, lui disait de sa voix blanche, éteinte et comme lointaine :

— Inutile de me remercier, monsieur, ce que je fais est tout simple, il peut arriver à tout le monde de recevoir une fausse pièce.

— Monsieur, balbutia l'homme dont le visage s'était couvert d'une rougeur de honte, je suis confus de cette aventure...

— N'insistez pas, répliqua milord Bamboche avec le même geste impérieux. Garçon, du champagne et une coupe pour monsieur... Et il répéta interrogativement : Pour monsieur ?

— Agénor Marmousier.

— Le poète ?

— Lui-même.

Milord Bamboche manifesta, cette fois, quelque étonnement.

— Extraordinaire ! fit-il. Je me nomme, moi, lord Astor Burydan.

— Le millionnaire excentrique ?

— Yes. Le même que la canaille française a surnommé milord Bamboche... Mais, pardonnez ma franchise, comment se fait-il que je vous rencontre dans un état de fortune si peu digne de votre noble talent ? En Angleterre, vous seriez poète-lauréat, avec une pension royale !

Très simplement, très dignement aussi, Agénor expliqua qu'en France, les poètes étant fort mal payés, la gloire et la richesse marchaient rarement de pair. Ses vers étaient admirés, mais il restait pauvre. Il reconnut, d'ailleurs, avec franchise, que c'était un peu de sa faute s'il n'avait pas su monnayer son génie ; il manquait de cette habileté pratique, de cet entregent qui est l'apanage des médiocres ; puis il était fier et, aussi, il en convint, ami du loisir.

Milord Bamboche, toujours impassible, l'avait écouté jusqu'au bout, réfléchissant.

— Confidence pour confidence, lui répondit-il, mon cher poète ; moi, je me suis toujours ennuyé et je m'ennuie toujours et partout. J'ai vainement essayé de me distraire par toutes sortes d'excentricités, rien n'y a fait.

— Les excentricités, c'est toujours intéressant, c'est une des formes de la poésie lyrique, en somme !

— Le lendemain du jour où je fus mis en

possession de ma fortune, je donnai un thé sous-marin, dans une cloche à plongeur ; le jour suivant, je conviai à un banquet deux cents vidangeurs et leurs épouses ; la tenue de rigueur était, pour les hommes, le smoking et les bottes de travail, pour les dames, le décolleté.

— Pas mal ! fit le poète en souriant.

— Le banquet eut un certain retentissement. Le lendemain, j'épousai en aéroplane une princesse nègre. J'avais exigé que le ministre qui devait bénir notre union se tînt à la dernière plate-forme du clocher de son église, brillamment illuminée pour la circonstance.

— De mieux en mieux.

— Cette union eut aussi un certain retentissement, continua lord Bamboche d'un air ennuyé. Le jour suivant, je pénétrai avec ma jeune épouse dans la cage d'un lion d'Abyssinie que j'abattis à coups de revolver après une lutte émouvante, puis, séance tenante, en présence d'une foule enthousiaste, j'écorchai l'animal et transformai sa chair en saucissons appétissants que je distribuai gratis aux spectateurs.

— C'était là une véritable leçon de choses.

— Le lendemain, j'avais à assister aux obsèques d'une de mes tantes, lady Esther Burydan. Je suivis son cercueil en pleurant. J'avais revêtu pour cette solennité familiale un maillot de soie noire, semé de larmes blanches. Vingt de mes domestiques de confiance me suivaient, également costumés en clowns, et couronnés de funèbres violettes...

Le poète Agénor Marmousier eut un éclat de rire sonore.

— Vous êtes vraiment, milord, s'écria-t-il, un homme admirable ! Je vous dédierai une de mes poésies. En attendant, permettez-moi de boire à votre santé !

— Je vous rase, murmura lord Burydan d'un ton maussade.

— Pas du tout, je vous assure. Vos excentriques trouvailles me causent une véritable joie. Continuez, je vous prie ; il y a longtemps que je n'ai ri d'aussi bon cœur !...

— Vous êtes fort indulgent. Peu de temps après, j'organisai les dîners automobiles et musicaux à l'usage des prolétaires et des déshérités de la fortune. A midi moins un quart, sept énormes automobiles partaient de la cour de mon hôtel. La première contenait trente musiciens jouant à tour de bras le *God save the King*, le *Sweet Home*, le *Rule Britannia* et d'autres mélodies classiques chères à tous les cœurs anglais. La seconde était chargée de trois mille kilogrammes de rosbif saignant, la troisième était constituée par une gigantesque marmite renfermant de l'oie aux navets et aussi grosse qu'une locomotive.

— Je vous suis avec l'attention la plus palpitante...

— La quatrième auto offrait de vastes baquets de pommes de terre fumantes, et le chauffeur était en robe de chambre. La cinquième supportait un plumpudding gros comme une maison, que flanquaient deux laquais armés de sabres d'abordage !

— Pour servir ?

— Parbleu ! L'auto qui suivait était chargée de fromage de Chester, et la dernière de superbes pommes du Canada.

— Ce devait être un cortège appétissant ?

— Tout ce qu'il y a de plus *apéritif* ! A chaque carrefour, la musique exécutait un air national, puis la foule s'approchait et chacun recevait sa part de ce lunch, somme toute très confortable. Puis, nouvelle aubade et départ pour un autre carrefour.

— Cela devait coûter gros ?

— Une bagatelle. Je suis très riche. J'ai essayé déjà de me ruiner. J'y ai renoncé !...

— Et comment ont fini les banquets automobiles et musicaux ?

— Mal ! La populace a pillé mes chars culinaires et j'ai été moi-même, une fois, presque lapidé avec les pommes du dessert et les « potatoes » toutes chaudes qui accompagnaient le rosbif que j'avais payé... Après l'échec lamentable de cette tentative, je me suis fait enterrer vivant, puis j'ai donné un bal de croque-morts et de nourrices, le noir et le blanc, la Vie et la Mort !... C'était superbe !... Et maintenant je m'ennuie !...

Lord Bamboche bâilla comme un tigre, puis commanda une troisième bouteille de champagne.

— Je crains que ma faible cervelle, balbutia le poète Agénor, ne puisse supporter...

Mais milord ne l'écoutait plus, il venait de rappeler le garçon, et, de son air éternellement las et ennuyé :

— Emile, dit-il nonchalamment, apportez-moi cent mètres de boudin.

Emile crut avoir mal entendu et se redressa tout effaré.

— Vous dites ? bégaya-t-il.

— Parfaitement, cent mètres de boudin, qualité supérieure ; je paye comptant, seulement je tiens à une chose, c'est que le boudin soit d'un seul morceau.

— Mais, milord...

— Arrangez-vous ! Faites des stoppages à la peau des boudins, employez s'il le faut un raccordeur de boudins ! Mais si, dans dix minutes, je ne suis pas servi, je ne remettrai jamais plus les pieds dans cette baraque !

Émile, après s'être concerté quelque temps avec le patron tout aussi effaré que lui, s'était élancé au dehors comme s'il eût eu le diable à ses trousses.

Un grand silence s'était fait dans la taverne. Très calme, milord Bamboche avait pris un autre havane bagué d'or, puis, ayant placé son chronomètre à côté de lui, il attendait.

Le poète Agénor se sentait rajeuni de vingt ans ; jamais il n'avait été à pareille fête.

La neuvième minute ne s'était pas écoulée qu'une gigantesque rumeur s'éleva. Dans la brume du matin une file d'hommes s'avançaient, jeunes et joufflus comme de vrais garçons charcutiers qu'ils étaient, et portant sur les épaules un interminable câble noir. En tête, Emile s'avançait la face rayonnante d'un juste orgueil.

— Milord est servi, dit-il simplement.

— Bien, donnez-moi un couteau.

Gravement milord Bamboche coupa un minuscule morceau de boudin et le goûta, au milieu d'un profond silence.

— Il n'est pas mauvais ! prononça-t-il, et maintenant...

Au dehors, on entendait les rumeurs d'une multitude sans cesse accrue et que trois escouades de sergents de ville, accourus au pas gymnastique, n'arrivaient pas à dissiper.

— Maintenant, reprit l'Anglais, Emile distribuera, à toutes les personnes qui en feront la demande, vingt-cinq centimètres de boudin et une coupe de champagne. Avez-vous un double décimètre, Emile ?

— Vive milord Bamboche ! hurla la foule.

La distribution commença dans le plus grand ordre, mais à ce moment un commissaire de police, ceint de son écharpe, entra dans la salle. Il avait l'air furieux.

— Milord, commença-t-il, vous m'aviez pourtant promis d'être sage. Vous causez une véritable émeute. Je vais me voir forcé de vous mettre en état d'arrestation.

L'Anglais le prit de très haut.

— Je ne commets là, monsieur, aucun délit, déclara-t-il d'un ton rogue, je veux seulement donner au bon peuple de Paris une preuve — comestible — des sympathies britanniques ! Je veux resserrer l'entente cordiale, et si cent mètres ne suffisent pas, eh bien ! qu'on en fasse venir deux cents !

Après de longs pourparlers, le commissaire se résigna à faire établir un service d'ordre et la distribution continua au milieu des vivats d'une foule idolâtre.

Mais déjà milord Bamboche s'était levé, avait jeté au garçon deux ou trois billets bleus, puis se tournant vers Agénor :

— Allons-nous-en, partons, fit-il, je m'ennuie.

Le poète, qui croyait vivre quelque rêve absurde et merveilleux, suivit sans mot dire son nouvel ami. Tous deux, grâce à la protection des agents, purent monter dans l'auto qui attendait à quelque distance et qui partit en quatrième vitesse.

Il avaient déjà laissé derrière eux l'Opéra, la Trinité et descendaient l'avenue de Clichy avec la rapidité d'un bolide, lorsque Agénor demanda timidement où on allait.

— Chez moi, répondit l'Anglais d'un air absent.

L'auto venait de franchir l'enceinte des fortifications.

— C'est que... murmura le poète un peu inquiet.

— Soyez sans crainte. Voici la proposition que je vous fais. Vous êtes un poète et même un grand poète et, comme tel, vous êtes homme d'imagination.

— Eh bien ?

— Empêchez-moi de m'ennuyer, trouvez-moi des sensations neuves, placez-moi dans des situations extraordinaires et périlleuses, en un mot, soyez l'auteur de la pièce dont je serai l'acteur et qui sera ma vie. Tâchez de réaliser pour moi l'impossible...

— Mais comment pourrai-je ?

— Je vous ouvre un crédit illimité. Vous pourrez dépenser autant qu'il vous plaira pourvu que vous arriviez à mettre en fuite le hideux fantôme de la Neurasthénie. D'ailleurs, vous fixerez vous-même le chiffre de vos appointements.

— Mais si je ne réussis pas ?

— Eh bien, tant pis ! mais je suis sûr que vous réussirez.

Agénor était violemment tenté. Quelles fêtes magnifiques, quelles admirables solennités artistiques ne pourrait-il pas organiser grâce aux millions de cet excentrique, qui semblait tombé du ciel, uniquement pour réaliser ses rêves les plus fous.

L'auto traversait en coup de vent les rues endormies de Clichy.

— Est-ce conclu ? demanda l'Anglais avec impatience.

— Eh bien ! soit, dit Agénor, j'accepte, mais j'entends avoir toute liberté dans le choix des moyens que j'emploierai ; il ne faudra vous étonner de rien.

— Entendu !

— Je vous promets que vous aurez des émotions, soyez tranquille. Ah ! j'oubliais, j'ai laissé quelques manuscrits dans la chambre de l'hôtel que j'habite, près du Panthéon...

— On ira chercher vos manuscrits... on payera vos dettes si vous en avez, mais à partir de maintenant vous êtes en fonctions. Voici un carnet de chèques en blanc, et surtout ne regardez pas à l'argent, j'ai horreur de la parcimonie.

L'auto avait stoppé brusquement sur les bords de la Seine. Le long du quai, la fine silhouette d'un yacht se profilait dans la pénombre matinale.

— Vous êtes chez moi, dit milord Bamboche en aidant son hôte à franchir la passerelle. Bonne nuit et tâchez de trouver quelque idée neuve.

— Bonne nuit, milord, soyez sans crainte à ce sujet.

Un domestique bien stylé conduisit le poète jusqu'à une luxueuse cabine et se retira après lui avoir demandé respectueusement s'il n'avait besoin de rien.

Agénor se jeta tout habillé sur la couchette d'érable et de mahony et ne tarda pas à dormir à poings fermés.

Quand il se réveilla le lendemain, il eut quelque peine à se rendre compte de l'endroit où il se trouvait, ses idées étaient encore brouillées par les fumées du champagne et il se pinçait jusqu'au sang pour se prouver à lui-même qu'il ne rêvait pas. A mesure qu'il se rappelait toutes les scènes qui s'étaient déroulées dans le cours de la nuit précédente, il poussait des exclamations d'émerveillement.

Sa surprise fut au comble quand il aperçut, bien en vue sur le guéridon de la cabine, la serviette de maroquin qui contenait ses poésies inédites et qui, magiquement, avait été apportée là.

A ce moment, le domestique entra portant un complet de gentleman qui allait parfaitement à la taille d'Agénor, des chemises de tussor, des bottines de peau de porc, tout un attirail élégant, sans oublier un portefeuille de cuir de Russie qui renfermait le fameux carnet de chèques en blanc.

Le poète n'en revenait pas ; il se résigna pourtant à prendre son parti de sa fantastique aventure. Après avoir fait une assez longue station dans la salle de bains qui attenait à la cabine, il se revêtit du complet bleu-marine, délaissant sans regret sa pèlerine à rayures jaunes et bleues, et il monta sur le pont.

Là, il demeura ébahi. Pendant qu'il dormait, le yacht avait fait route, les clochers étincelants de la ville de Rouen se dessinaient dans le lointain et les rives de la Seine apparaissaient, verdoyantes, avec leur décor de châteaux et de ruines pittoresques.

Le poète contempla quelque temps avec recueillement l'admirable paysage. Il lui semblait qu'une âme nouvelle était entrée en lui : des chansons lui montaient aux lèvres, il aspirait avec délices l'air pur, embaumé d'une odeur de feuillages et d'eau fraîche, et son cœur était pénétré d'une profonde reconnaissance pour le lord neurasthénique qui, tout à coup, était entré dans son existence humble et besogneuse, comme un génie des contes de fées.

— Lord Burydan, songea-t-il, est, malgré ses airs lugubres, un brave compagnon ; il a eu là une fameuse idée. Il s'agit maintenant de lui montrer de quoi je suis capable. Il veut avoir des sensations extraordinaires. Eh bien ! il en aura...

Le poète se frotta les mains, les idées originales lui venaient en foule, il se sentait inspiré ; à ce moment, un stewart, cérémonieux et correct comme un vieux diplomate, vint lui annoncer que le lunch était servi.

Agénor descendit joyeusement à la salle à manger du yacht, où déjà son hôte l'avait précédé.

CHAPITRE II

DRAMES !...

Six mois s'étaient écoulés ; le poète Agénor avait réalisé — et au delà — les espérances de lord Burydan dont l'existence était maintenant une véritable série d'enchantements, tantôt terrible comme un drame, tantôt bouffonne comme une farce de carnaval. Le metteur en scène de toutes ces péripéties déployait une imagination inépuisable et, semant l'or à pleines mains, arrivait aux plus fantastiques résultats.

L'Anglais était forcé de reconnaître qu'il ne s'ennuyait plus une minute. Chaque jour c'était quelque surprise déconcertante. Avec un génie véritablement shakespearien, Agénor faisait traverser à son ami toutes les contrées du globe, toutes les époques de l'histoire — même celles de l'avenir — tous les drames et toutes les comédies.

Il arriva à lord Burydan de se réveiller solidement ligoté au paratonnerre d'une haute cathédrale, ou enfermé dans un tonneau voguant en pleine mer, ou ficelé dans une boîte de cul-de-jatte à la porte d'une église, ou chevauchant un cheval de race, en pleine bataille. Jamais l'invention du poète ne se trouvait à court, et il se passionnait pour son œuvre, répétant sans cesse que les aventures de milord Bamboche étaient le plus beau poème qu'il eût jamais composé.

L'Anglais avait pour lui autant d'amitié que d'admiration.

— Dépensez, lui disait-il, dépensez, nous avons encore des millions dans les banques ! Ce n'est que depuis que vous avez pris la direction de mes divertissements que je suis vraiment heureux.

Lord Burydan répétait cette phrase pour la millième fois peut-être, accoudé à la balustrade d'un train de luxe qui emportait les deux amis à travers les solitudes grandioses de l'ouest Amérique.

Agénor Marmousier était maintenant complètement transformé. Nul n'eût reconnu le bohème aux cheveux gris, que nous avons vu dévorer timidement une portion dans un cabaret infâme, dans le brillant gentleman à la face rose et frais rasée, à la mine robuste et jeune, qui savourait nonchalamment le parfum d'un panatella de premier choix, aux côtés du fameux lord Burydan. En lutte chaque jour avec le drame de la vie, le poète avait rajeuni de vingt ans.

— Je crois, fit-il, que je me montre suffisamment prodigue, mais si vous y tenez, on peut faire mieux...

— Faites ce qu'il vous plaira, je vous l'ai dit, une fois pour toutes, je vous donne carte blanche.

— Il ne faudrait pas me mettre au défi...

Lord Burydan rentra dans l'intérieur du wagon-salon.

— Je parie, dit-il après un silence, que cette fois notre voyage s'accomplira paisiblement jusqu'à San Francisco — ce « Frisco » cher aux Yankees.

— Il ne faut jurer de rien, répliqua le poète avec un sourire ambigu.

— Bah ! vous avez trop bon goût pour me régaler d'un vulgaire accident de chemin de fer. D'ailleurs nous avons vu cela cinq ou six fois.

— Qui sait?

—Moi, je sais parfaitement que, malgré tout votre génie, il ne se passera rien aujourd'hui.

Lord Burydan sonna le barman et se fit apporter un sherry-gobler qu'il dégusta lentement à l'aide d'une longue paille. Agénor imita cet exemple, seulement ce fut un julep-mint qu'il savoura à lentes gorgées.

Les deux amis en étaient à leur deuxième cigare lorsque le chef de train pénétra dans le wagon-salon, la mine bouleversée.

— Que se passe-t-il *donc*? demanda lord Burydan.

— Une chose terrible, *gentlemen*, le chauffeur et le mécanicien *sont* ivres morts, ils ronflent à *poings* fermés... Une épouvantable catastrophe est inévitable !...

— Mais, répliqua tranquillement Agénor, il me semble que cela vous regarde ! Nous avons payé pour être transportés, en toute sécurité et sans retard, à San-Francisco, faites le nécessaire.

— Cela est aisé à dire !

— Manœuvrez les freins, proposa lord Burydan.

— A quoi cela mènerait-il, répliqua le chef de train terrifié, à rester en panne en pleine prairie ; les cow-boys et les bandits de la Main Rouge auraient eu vite fait de nous assassiner tous, à dix milles de toute habitation !... Puis, il y a un autre rapide dans une demi-heure !...

— Diable ! c'est grave, grommela lord Burydan, vaguement effrayé, vous n'aviez pas prévu cela, mon cher Agénor, et voilà un danger qui n'était pas dans le programme.

Le poète réfléchissait.

— Il y a un moyen, dit-il enfin.

— Lequel !

— Je sais conduire une locomotive ; dans ma prime jeunesse, je fus trois ans aide-mécanicien à la gare du Nord. Milord, si vous consentez à me servir de chauffeur, je réponds de tout !

Le chef de train soupira, profondément ému.

— Gentlemen ! fit-il, il y a dans ce convoi quatre-vingt-douze voyageurs, leur existence est entre vos mains !

— Soyez tranquille.

— *C'est qu'il n'y a pas une minute à perdre* ; je n'ai encore rien dit aux autres voyageurs pour n'effrayer personne. Suivez-moi.

— Très amusant, déclara lord Burydan ; vous voyez, mon cher poète, que malgré toute votre imagination, le hasard est encore notre maître à tous.

Agénor sourit sans répondre et tous deux, circulant de voiture en voiture, grâce aux passerelles mobiles, atteignirent le fourgon aux bagages, situé à l'autre extrémité du convoi. De là, il leur fut facile de se hisser dans le tender qui fait immédiatement suite à la locomotive.

— Bonne chance, leur cria le chef de train ; si cela devenait urgent, agitez le signal et je ferai manœuvrer les *freins*.

Lord Burydan et Agénor repoussèrent dans un coin les corps inertes du chauffeur et du mécanicien, ivres morts tous les deux, et, remontant jusqu'aux oreilles le col de leurs pelisses de fourrure, qu'ils n'avaient eu garde d'oublier, ils se mirent courageusement à l'œuvre.

Manœuvrant la roue d'adduction de la vapeur, Agénor réussit à modérer un peu l'effroyable vitesse, pendant que lord Burydan précipitait dans le foyer ardent des monceaux de houille grasse. Tous deux étaient en sueur, malgré la bise glaciale qui leur fouettait le visage.

La nuit venait à grands pas, le train fuyait comme un fantôme à travers l'immense plaine déserte où retentissaient au loin les beuglements mélancoliques des troupeaux sauvages.

Le train marchait à raison de cent vingt kilomètres à l'heure.

Une heure se passa ainsi. Pas un bruit ne venait de l'intérieur du train. Les voyageurs, maintenant, devaient dormir à poings fermés dans les couchettes des sleeping-cars. Malgré lui, lord Burydan se sentait ému.

Il faisait maintenant nuit noire ; on traversa en coup de vent une petite station dont les *lumières* apparurent l'espace d'un éclair pour s'effacer aussitôt dans les ténèbres *mouvantes*.

Les *puissants* phares électriques placés en tête de la locomotive montraient un pays cultivé ; on traversa des villages endormis ; des feux de garde-barrière parurent et moururent, la ligne était depuis un quart d'heure séparée des champs par une sorte de clôture.

— Courage, mylord, dit le poète, nous approchons ! Dans une demi-heure, nous atteindrons la station de Jorgell-City.

Lord Burydan, à la fois grillé par le foyer incandescent et gelé par la bise, répondit en grommelant :

— Jorgell-City, cette ville fondée par un milliardaire, dont le fils a tué un savant français?

— C'est bien cela ; on dit que c'est une ville maudite ; il y a eu, au début, une série d'assassinats que personne n'a pu expliquer.

Lord Burydan se sentit frissonner et retomba dans le silence. Le cadran de l'appareil enregistreur indiquait cent dix kilomètres.

Tout à coup, Agénor eut une sourde exclamation. *Du doigt*, il montrait, à quelques centaines de mètres, un lourd chariot attelé de huit chevaux et qui venait à peine de s'engager sur la voie qu'il obstruait complètement.

— Machine en arrière ! balbutia l'Anglais, dont les dents claquaient.

— Trop tard !

— Qu'allez-vous faire?

— Tant pis, je risque tout !

Nerveusement, Agénor avait tourné la roue, la vapeur s'engouffra dans les tiroirs, les plaques grincèrent, le convoi atteignait l'effroyable vitesse de cent soixante kilomètres à l'heure. Il filait comme un météore sur les rails.

Lord Burydan ferma les yeux au moment où le chariot, chargé de lourds blocs de granit, apparut en pleine lumière : il s'attendait à la mort.

Il y eut un choc, mais à peine sensible ; des hennissements d'agonie se perdirent dans la nuit. La masse énorme du chariot et l'attelage avaient été culbutés, rejetés sur le côté de la voie. Le train passait, brûlant les stations dans un fracas de tonnerre.

— C'est égal, murmura le poète, nous l'avons échappé belle !

Lord Burydan, lui, s'épongeait le front, incapable de prononcer une parole.

Mais déjà, le fond de l'horizon s'embrasait.

— Jorgell-City, fit Agénor ; il est grand temps de ralentir.

Il manœuvra vigoureusement la roue, la vitesse vertigineuse se modéra jusqu'à l'allure paisible (soixante kilomètres à l'heure) d'un train omnibus. Quelques minutes après, le convoi stoppait sous le hall vitré de la grande gare, autrefois construite par l'ingénieur Harry Dorgan.

Le chauffeur et le mécanicien furent portés sur un lit de camp, la locomotive, dont tout l'avant était effondré, fut dirigée vers les ateliers et remplacée par une autre.

Chaudement félicités, Agénor et lord Burydan purent regagner leur sleeping, ce qu'ils firent, mais non sans s'être réconfortés d'un grog brûlant.

Le lendemain, vers midi, ils arrivaient à San-Francisco.

Lord Burydan prit plaisir à visiter cette ville étonnante, détruite tant de fois par les tremblements de terre, reconstruite en acier, et où se pressent toutes les races de l'univers.

Le lendemain de leur arrivée, ils se promenaient sur le quai, après un excellent déjeuner à l'hôtel de France et d'Albion, et ils admiraient le port rempli de navires.

— Quel temps magnifique, dit tout à coup Agénor, le Pacifique est calme comme un lac ; pas un souffle de vent, pas une vague...

— Si nous faisions une promenade en mer, proposa lord Burydan. Vu de la rade, le panorama de la ville est splendide.

— Comme il vous plaira : voici justement une embarcation qui fera tout à fait notre affaire.

Et le poète montrait une baleinière aux formes élancées, dans laquelle deux matelots assis à califourchon jouaient nonchalamment aux cartes, en fumant leur pipe. Le marché fut vite conclu ; Agénor et lord Burydan prirent place à l'arrière, les marins empoignèrent leurs avirons et la légère embarcation s'éloigna du rivage. La promenade s'annonçait sous les plus heureux auspices.

Après avoir traversé le port encombré de navires, on remonta dans la direction du nord, en longeant une côte déserte. Le ciel continuait à être d'une limpidité parfaite et la mer aussi unie, aussi étale que la surface d'un étang.

La ville de San-Francisco était déjà loin, lorsque lord Burydan s'avisa que la promenade avait peut-être assez duré.

— Si nous voulons être de retour avant la nuit, fit-il, il serait temps de virer de bord.

Et il ajouta :

— Je puis dire, par exemple, que c'est une des plus belles promenades que j'aie faites. Mais je vois que si j'en faisais une pareille tous les jours, je commencerais à m'ennuyer. Et, tenez, je m'ennuie déjà.

Et lord Burydan étouffa un long bâillement.

— C'est vraiment fort regrettable, répondit Agénor avec un singulier sourire.

Et il donna l'ordre aux deux marins de virer de bord pour regagner San-Francisco.

Mais, à ce moment même, une pirogue sortit d'une petite baie marécageuse et se dirigea vers la haute mer. L'aspect de cette embarcation excita tout d'abord la surprise de lord Burydan. La coque effilée était d'un seul morceau, creusée à même le tronc d'un gigantesque cèdre ; elle était ornée d'un coloriage barbare, rouge, orangé, noir et bleu, et montée par huit Peaux-Rouges portant le costume classique de leur race, et armés de longues pagaies à la pointe effilée.

Les faces de ces sauvages étaient hideuses, grâce aux tatouages et aux peintures de guerre dont ils étaient couverts. Ils portaient de hauts diadèmes de plumes d'aigle, et leurs manteaux de peaux d'opossum flottaient au vent. Ils avaient à la ceinture le couteau et le tomahawk, mais l'arc et les flèches étaient remplacés par des carabines Winchester et une triple ceinture de cartouches. Lord Burydan les admira naïvement.

— Ils sont magnifiques, dit-il ; mais je croyais que leur race était à peu près détruite ou cantonnée dans le territoire indien.

— Détrompez-vous, répondit Agénor. Il existe encore, dans les montagnes Rocheuses et sur toute la côte qui s'étend au nord de San-Francisco, quelques tribus indomptables, farouches, et qui ont voué aux hommes blancs une haine implacable. Je crains bien que ceux-ci n'appartiennent à quelque tribu insoumise.

— Diable ! murmura lord Burydan avec inquiétude.

Enlevée par les huit robustes pagayeurs, la pirogue s'approchait d'instant en instant avec une rapidité qui tenait du prodige. Elle semblait glisser comme un oiseau à la surface des flots tranquilles. Vainement, les deux matelots américains faisaient force de rames. En moins de trois minutes, la pirogue était venue se ranger le long de la baleinière. Brusquement, deux des Peaux-Rouges lâchèrent leur pagaie, et épaulèrent leur carabine. Lord Burydan comprit que toute résistance était impossible.

— Nous en serons quittes pour payer une rançon, dit-il avec beaucoup de sang-froid.

— Si, toutefois, ils y consentent, murmura le poète d'un ton mal rassuré.

Mais déjà deux des Peaux-Rouges avaient sauté dans la baleinière, et, sans vouloir entendre aucune explication, avec une dextérité de prestidigitateurs, ils avaient garrotté de fines cordelettes d'écorce les deux touristes et les matelots. Alors, méthodiquement, ils dépouillèrent Agénor et lord Burydan de leurs porte-monnaie, de leurs montres, de leurs portefeuilles, et même de leurs cigares et de leurs mouchoirs de poche ; tout en perpétrant cet acte de déprédation, ils faisaient de hideuses grimaces et se livraient à une pantomime simiesque.

Tout à coup, ils saisirent lord Burydan, le dévêtirent complètement, et, après lui avoir passé sous les aisselles une corde solide, ils le précipitèrent dans la mer. La corde était amarrée au banc d'arrière de la pirogue. Sur un signe de leur chef, les pagayeurs recommencèrent à manœuvrer en cadence, la pirogue reprit sa course furieuse, en traînant derrière elle le malheureux lord, qui se comparait, *in petto*, à la reine Brunehaut attachée à la queue d'un cheval sauvage.

La situation, en effet, était tout aussi pénible et presque aussi périlleuse. Les liens d'écorce lui entraient dans les chairs, et c'est à grand'peine qu'essoufflé, haletant, il arrivait à tenir sa bouche hors de l'eau. Dans son effarement, il se rendait compte qu'au bout de quelques minutes de ce sport diabolique, il n'aurait plus le courage de faire les efforts nécessaires pour respirer, qu'il serait noyé à petits coups, qu'il périrait de la mort la plus odieuse et la plus lente, Agénor, inerte et garrotté au fond de la pirogue, ne pouvait lui être d'aucun secours. Un moment, lord Burydan eut la sensation que ces sauvages, aux faces de démon, l'entraînaient tout vivant dans quelque enfer maritime insoupçonné du Dante.

Cinq minutes s'écoulèrent ainsi, cinq siècles.

La course folle de la pirogue s'était vaguement ralentie. Lord Burydan respira. Il se reprit à espérer que le supplice qu'il endurait n'était qu'une brutale plaisanterie, qui, peut-être, prendrait bientôt fin. Mais, tout à coup, sa moelle se figea dans ses os et ses cheveux se hérissèrent sur sa tête ; à travers les eaux limpides et bleues, il venait d'apercevoir une grande ombre, une silhouette aiguë et noire, qui se rapprochait de lui insensiblement.

— Un requin ! s'écria-t-il. Agénor, au secours ! au secours !

Le poète ne répondit à cet appel désespéré que par un gémissement sourd. Le squale se rapprochait de seconde en seconde, battant l'eau de sa formidable queue. Lord Burydan entrevit sa gueule armée d'une triple rangée de dents, son petit œil féroce et malin. Les Peaux-Rouges avaient cessé de ramer, et ils contemplaient ce spectacle avec autant de satisfaction paisible que s'ils eussent assisté à une séance de boxe, ou à un combat de bouledogues contre des rats.

Lord Burydan n'avait plus une goutte de sang dans les veines. Avec cette netteté suraiguë de sensation qu'éprouvent tous ceux qui se trouvent exposés à un péril imminent, il suivait les mouvements du requin. Il le vit se retourner pour le happer, et il perdit connaissance.

Mais, à ce moment, un des Indiens, se débarrassant prestement de sa carabine, de son tomahawk et de son manteau d'opossum, se précipita à la mer en brandissant un long coutelas. Au moment précis où le squale, en se retournant, mettait en évidence son ventre d'un blanc sale, l'Indien l'atteignit en plein cœur. L'eau se teignit de sang, et rapidement, sur un ordre bref du courageux Peau-Rouge, les Indiens halèrent à bord le corps inerte de lord Burydan.

Un peu plus loin, le squale se débattait dans les derniers sursauts de l'agonie

CHAPITRE III

VERS L'INCONNU

Quand lord Burydan revint à lui, il se trouvait dans la baleinière aux côtés du poète Agénor, qui lui frictionnait vigoureusement les tempes avec du vinaigre des Quatre-Voleurs. Les Peaux-Rouges et leur pirogue avaient disparu ; seul, celui qui avait tué le requin était paisiblement assis à l'arrière. Les deux matelots américains, délivrés de leurs liens, ramaient paisiblement, comme si rien d'extraordinaire ne se fût passé. Il faisait alors presque nuit, et, à une encâblure de là, on apercevait la coque d'un vapeur de médiocre tonnage, qui semblait avoir stoppé pour attendre la baleinière.

— Où suis-je ? balbutia lord Burydan d'une voix faible.

— Vous êtes en sûreté, lui répondit Agénor. Les Peaux-Rouges ont été mis en fuite par l'arrivée du paquebot que vous voyez ici et où nous allons prendre passage tout à l'heure.

— Mais cet Indien ? demanda le lord en jetant un regard encore apeuré sur le Peau-Rouge impassible.

— C'est celui qui vous a sauvé. J'ai cru bien faire en l'attachant, à prix d'or, à votre service. Il se nomme Kloum. Il parle fort bien l'anglais, et il a été longtemps employé dans une usine électrique de Jorgell-City. Mais buvez cela, mylord, cela vous remettra complètement.

Agénor offrait à son ami un petit gobelet rempli de vieux whisky. Lord Burydan but, et se sentit mieux. Brusquement, il eut un large éclat de rire.

— Agénor, s'écria-t-il, vous êtes un homme merveilleux. Car, j'en suis bien sûr maintenant, c'est vous qui avez préparé et réglé, comme un metteur en scène habile, l'attaque des Peaux-Rouges. Le requin devait être quelque animal mécanique, quelque automate comme j'en ai vu au théâtre de Covent-Garden, à Londres.

Agénor se contenta de sourire sans donner aucune explication.

— Il est possible, fit-il, que je sois pour quelque chose dans tout ceci : mais le hasard a aussi collaboré à ce petit drame. Ne cherchez pas à en savoir davantage. Etes-vous satisfait?

— Infiniment.

— Alors, c'est l'essentiel.

Pendant cette brève conversation, on était arrivé près du navire à vapeur ; des amarres furent jetées, et bientôt lord Burydan, Agénor et l'impassible Kloum mettaient le pied sur le pont de la *Ville-de-Frisco*, un paquebot en fer de sept cents tonneaux, dont le capitaine, Mr Hopkins, se mit gracieusement à la disposition de ses passagers.

Tout le monde se rendit à la salle à manger du bord, où un confortable repas était servi. Le capitaine, avec sa face écarlate, ses sourcils touffus et son nez bourgeonnant, ressemblait plutôt à un pirate qu'à un honnête commerçant. Il portait aux oreilles de petits anneaux d'or, et il avait continuellement à sa portée un gobelet d'étain rempli d'un mélange de whisky et de soda-water. D'après des conventions antérieures, il avait été entendu entre Agénor et Mr. Hopkins que celui-ci ramènerait le lord et son secrétaire à San-Francisco. Ces derniers gagnèrent donc leurs cabines respectives, où ils ne tardèrent pas à tomber dans un profond sommeil.

Mais, en montant sur le pont, le lendemain matin, ils éprouvèrent une violente surprise en constatant que la côte avait disparu ; de quelque côté qu'ils se tournassent, c'était la mer immense et sans limites. Agénor alla immédiatement trouver le capitaine Hopkins pour lui demander des explications. Le vieux loup de mer ne paraissait d'ailleurs nullement ému.

— Je le regrette vivement, déclara-t-il d'un ton péremptoire, mais il n'y a pas moyen de rentrer à San-Francisco.

— Cependant, fit Agénor, il était convenu...

— C'est possible. Mais on ne fait pas toujours comme l'on veut. Sachez que mon navire est exclusivement chargé de cercueils de Chinois décédés en Amérique et qui ont exprimé la volonté, comme tous les Chinois, d'aller reposer dans la terre natale. Or, c'est là un genre de marchandise qu'il est interdit de transporter, et j'ai appris, au dernier moment, que j'avais été dénoncé !

— De sorte que?... interrompit lord Burydan avec impatience.

— De sorte qu'il m'est impossible de rentrer dans le port avant de m'être débarrassé de ma cargaison, ce que je ne puis faire qu'à Nangasaki. Maintenant, si vous le désirez, je vous déposerai à l'île de Pâques, ou dans l'archipel des Marquises, où je compte faire relâche.

— Vous nous avez odieusement trompés ! s'écria Agénor.

— Ce n'est pas ma faute. D'ailleurs, je suis prêt à vous rendre votre argent.

Le poète était consterné. C'était là un incident qu'il n'avait pas prévu. Lord Burydan fut le premier à prendre gaiement son parti de cette situation bizarre.

— Ma foi, tant pis ! déclara-t-il. Puisqu'il en est ainsi, nous irons jusqu'à Nangasaki avec Mr. Hopkins, et nous tâcherons de nous ennuyer le moins possible pendant la traversée.

— Aussi, c'est de ma faute, murmura Agénor. J'aurais dû me renseigner.

— Ne vous faites aucun souci à cet égard. Je ne regrette nullement ce voyage forcé ; et nous avons là une occasion unique de visiter les îles océaniennes.

— D'ailleurs, expliqua le capitaine, enchanté de voir les choses s'arranger si facilement, la *Ville-de-Frisco* est abondamment pourvue de vivres, et c'est un navire de premier ordre.

En cela, l'honorable capitaine exagérait légèrement ; la *Ville-de-Frisco* était une antique carcasse dévorée par la rouille, et dont la machine, vingt fois réparée, ne donnait, dans les meilleures conditions, qu'une vitesse de 8 à 10 nœuds à l'heure. D'ailleurs, par économie, Mr. Hopkins ne brûlait que des escarbilles et des déchets de charbon, et il hissait des voiles de fortune chaque fois que le vent était favorable. Pour la rapidité du transport, son navire était à peu près ce que serait, à un train-éclair, une ancestrale diligence.

Vingt-quatre heures ne s'étaient pas écoulées que lord Burydan était retombé dans sa neurasthénie. Malgré toute son imagination, Agénor n'arrivait pas à le distraire. Seul, l'Indien Kloum, qui avait troqué son costume éclatant contre une simple vareuse de matelot, paraissait parfaitement à l'aise. Il faisait ses quatre repas avec un appétit magnifique, et, le reste du temps, se promenait sur le pont, du même pas égal et cadencé, en fumant son calumet de terre noire.

Le second jour, la mer devint grosse. La *Ville-de-Frisco* n'avançait plus qu'avec une extrême lenteur ; et, quoique le capitaine déclarât avec une assurance imperturbable que son navire était d'une solidité à toute épreuve, personne n'était rassuré.

Vers le soir, le vent souffla en tempête. Le vieux paquebot, dont les foyers avaient été éteints par mesure de précaution, était désormais le jouet des lames. Il roulait et tanguait lourdement, et les boulons de sa carcasse disjointe grinçaient de façon lamentable. Bientôt, on apprit que le gouvernail avait été emporté par une vague.

Avec une impudence remarquable, Mr. Hopkins avait d'abord déclaré que ce n'était qu'un grain. Mais il dut bientôt en rabattre de cet aplomb. Vers dix heures du soir, une voie d'eau se déclara. Tout le monde se mit aux pompes, sans en excepter lord Burydan, le poète Agénor et le Peau-Rouge. On travailla toute la nuit sans résultat appréciable. Au matin, la tempête n'était pas calmée, et on constatait une seconde voie d'eau.

Déjà, deux matelots avaient été noyés. Le capitaine Hopkins; qui était monté sur la dunette, fut lui-même emporté par un coup de mer. La situation était désespérée. Encore quelques minutes, et la *Ville-de-Frisco*, dont la membrure était complètement disloquée, allait couler à pic.

Aidés de Kloum, Agénor et lord Burydan descendirent dans la baleinière, laissant au reste de l'équipage la grande chaloupe. Ils venaient d'y prendre place, lorsque, sous la poussée d'une vague plus forte, le vieux steamer s'entr'ouvrit avec un craquement sinistre ; la mer se couvrit de cercueils de Chinois et de débris flottants de toute sorte.

Une minute encore, et, à la place de la *Ville-de-Frisco*, il n'y eut plus qu'un grand remous qui faillit chavirer la baleinière.

Toujours silencieux et impassible, l'Indien Kloum avait pris les rames, pendant qu'Agénor s'emparait de la barre du gouvernail. La frêle embarcation était soulevée comme une plume à la crête de vagues énormes, pour dégringoler ensuite en des abîmes écumants ; à chaque instant, des paquets de mer l''emplissaient d'une eau que lord Burydan vidait tant bien que mal avec son chapeau.

Un quart d'heure ne s'était pas écoulé depuis le naufrage du steamer, que les trois passagers de la baleinière voyaient passer à côté d'eux la grande chaloupe qui flottait, renversée, la quille en l'air.

A ce moment, une des rames que tenait le Peau-Rouge se cassa aussi net que si elle eût été de verre. La baleinière tournoya, se mit à danser comme un bouchon, et la soudaineté du choc fit perdre l'équilibre au poète Agénor, qu'une lame gigantesque emporta.

Lord Burydan eut un geste de désespoir. Il eût, certes, sacrifié volontiers sa vie pour sauver son ami ; mais, au milieu d'un tel cataclysme, il était impossible de porter secours au pauvre poète, qui déjà, avait disparu dans la tourmente. Lord Burydan, une fois de plus, comprit l'inutilité de ses millions, et, refoulant un sanglot, il vint s'asseoir à la place que lui désignait Kloum, qui ne s'était pas départi un seul instant de son sang-froid. Se servant, en guise de godille, de l'unique rame qui lui restait, le vieil Indien parvint à empêcher l'embarcation de chavirer. Mais le vent les emportait à une vitesse furieuse. Ils étaient trempés jusqu'aux os. Ils avaient froid et ils avaient faim. Ils se cramponnaient désespérément aux bancs de la baleinière, par une impulsion presque inconsciente.

Vers midi, il se produisit une accalmie. Kloum en profita pour vider l'eau dont la baleinière était remplie, et il offrit à lord Burydan la moitié d'une gorgée de whisky qui restait au fond de sa gourde.

L'après-midi, la mer s'apaisa complètement. Kloum parvint à pêcher une brassée de grandes algues sous les feuilles desquelles étaient attachés de petits coquillages bivalves. Ce chétif repas réconforta les deux naufragés. Mais ils tombaient de sommeil. Ils convinrent de dormir alternativement chacun deux heures, et c'est ainsi qu'ils atteignirent la nuit, en proie aux plus terribles craintes, car le vent s'était levé de nouveau, et les vagues se gonflaient, déjà presque aussi furieuses que la veille.

Lord Burydan était à bout de courage.

— Nous sommes perdus ! murmura-t-il. J'ai envie de me jeter à l'eau tout de suite, pour en finir plus vite.

— Ne faites pas cela, mylord, répliqua vivement le vieux Peau-Rouge. Kloum a deviné que nous ne sommes pas loin de la terre.

— Comment as-tu pu deviner cela ?

— Ecoutez !...

Lord Burydan prêta l'oreille. A travers les hurlements du vent, il perçut une sorte de croassement funèbre.

— C'est des cris des oiseaux de mer, expliqua Kloum ; et, quand il y a des oiseaux, la terre n'est pas loin.

— Qu'importe ? murmura l'Anglais, complètement démoralisé. Je tombe de fatigue, et je meurs de froid. Je sens que je n'aurai pas la force de rester cramponné à mon banc... La première vague m'emportera...

— Il ne faut pas, mylord. Et tenez, il y a un moyen : je vais vous attacher.

Et il se servit de la corde de l'ancre pour fixer solidement son compagnon à son banc.

La nuit s'écoula dans les transes. Le vent était un peu tombé, mais il faisait un froid glacial. Enfin, le jour parut. Quand les premiers rayons d'un pâle soleil eurent éclairci le brouillard, Kloum discerna, dans l'éloignement, une grande masse sombre, qui était sans doute un cap formé de falaises rocheuses.

— Sauvés ! s'écria l'Indien.

Il réveilla lord Burydan, que la vue du rivage put à peine arracher à l'espèce de torpeur où il était plongé. Kloum avait oublié sa fatigue. Il manœuvrait avec dextérité la baleinière à travers le semis de petits écueils qui défendaient les abords de cette terre inconnue. Le brouillard s'était complètement dissipé. Les naufragés reconnurent en face d'eux une haute muraille granitique qui semblait n'offrir aucune solution de continuité. Au bas de la falaise s'étendait une plage de galets, en ce moment violemment secoués par le ressac.

Kloum tenta d'aborder ; mais l'entreprise était pleine de difficultés. Chaque fois qu'il essayait, la vague le rejetait vers la ceinture de brisants qu'il avait eu tant de peine à franchir.

Tout à coup, des hommes à longues barbes, vêtus de cuir et chaussés d'immenses bottes, sortirent d'une anfractuosité de la falaise. Ils étaient armés de gaffes, de grappins et de crocs. En quelques minutes, ils eurent halé sur le rivage la baleinière ; lord Burydan et son compagnon s'apprêtaient déjà à les remercier, lorsqu'un des hommes tira de sa ceinture un browning, et les mit en joue.

— Dis donc, Slugh, fit-il en se tournant vers un autre personnage à longue barbe, qui paraissait être le chef, faut-il leur faire sauter le caisson?

— Ma foi, fit Slugh avec hésitation, je ne sais pas trop.

— Tu n'ignores pas que les ordres des Lords sont formels. Pas d'étrangers, pas d'espions.

A ce moment, un coup de canon se fit entendre dans le lointain, bientôt suivi d'un second, puis d'un troisième. Slugh avait changé de visage :

— C'est le yacht de la Main Rouge, balbutia-t-il avec respect. C'est aux Lords seuls qu'il appartient de décider du sort des prisonniers !

CHAPITRE IV

L'ILE DES PENDUS

La terre où les naufragés venaient d'aborder est une île située un peu au sud des îles Aléoutiennes, à cent kilomètres environ de l'île Sakhaline. Elle fut découverte au XVIII° siècle par des navigateurs allemands, qui l'appelèrent l'île Saint-Frédérik. Depuis, comme elle ne se trouve sur le passage d'aucun navire, elle a été complètement oubliée, non seulement par les marins, mais par la plupart des géographes. A un moment donné, elle fut l'objet d'une discussion entre la Russie et les Etats-Unis. Mais ce territoire glacé paraissait si peu intéressant que la question ne fut décidée qu'en 1901. A cette époque, elle fut officiellement adjugée à l'Amérique ; et, presque aussitôt, elle fut vendue à un riche marchand de tableaux, nommé Fritz Kramm, qui, disait-il, voulait y faire une tentative d'élevage des phoques à fourrure.

Depuis, on ne parla plus de cette île, que tous les gens pratiques regardaient comme un bloc de glace inutilisable et stérile. Les gens pratiques, en cela, avaient grand tort : l'île Saint-Frédérik était intéressante à un grand nombre de points de vue. Entourée de tous côtés par de hautes falaises qui l'abritaient contre les vents glacés du pôle, elle offrait, en son centre, de fertiles prairies, où pullulaient les rennes, les élans, les bœufs musqués, les castors et les renards à fourrure ; elle était traversée par des ruisseaux d'eau vive, remplis de saumons et de truites ; les crustacés et la morue étaient abondants sur ses côtes ; enfin, une plage basse avait été aménagée pour l'élevage des phoques à fourrure qui, n'étant pas inquiétés, y étaient extrêmement nombreux. Sur les sommets des falaises, on recueillait les nids de l'eider, dont le plumage constitue une véritable richesse.

Le propriétaire de l'île y avait fait construire, à l'insu de tous, de vastes et solides bâtiments, qui abritaient un nombre assez considérable d'habitants.

C'est dans un de ces édifices, aménagé avec un certain luxe et entouré d'un double chemin de ronde, que parcouraient sans cesse des sentinelles à mine patibulaire, que se trouvaient maintenant lord Burydan et Kloum le Peau-Rouge. On leur avait donné pour fonction de servir d'aides et de serviteurs à un étrange vieux savant, à l'intention duquel un superbe laboratoire était installé. Mais, jusqu'alors, ils n'avaient pu échanger que de rares paroles avec ce vieillard aux vénérables favoris blancs. Tout ce qu'ils savaient, c'est qu'il était Français.

Tous trois se trouvaient dans une salle spécialement disposée pour des expériences sur l'acide fluorhydrique, lorsque, tout à coup, le vieux savant français éclata de rire, et, après avoir poussé d'un geste rapide les verrous des portes de communication :

— Mes amis, dit-il à ses deux compagnons, vous devez avoir été surpris de mon mutisme. Mais il faut vous dire que, si je ne me suis pas montré plus poli à votre égard, c'est que j'avais des raisons pour cela. Nous étions espionnés. Ici, toutes les murailles sont munies de microphones enregistreurs. Chacune de nos paroles était recueillie. Mais j'y ai mis bon ordre. Les microphones ne marchent plus, et ils ne marcheront pas d'ici longtemps. Nous pouvons donc causer en toute tranquillité. Et d'abord, qui êtes-vous?

Lord Burydan et le Peau-Rouge se nommèrent.

— Je me nomme Bondonnat, reprit le vieillard, et je suis météorologiste.

— Comment ! s'écria l'Anglais avec surprise, c'est vous dont la disparition mystérieuse a fait tant de bruit, il y a bientôt six mois? (1)

— C'est moi-même, murmura le vieillard, dont le visage exprima une profonde tristesse. La façon dont on m'a traité est abominable !...

Lord Burydan était devenu attentif.

— Ce qu'il y a de plus étrange, reprit M. Bondonnat, c'est que je sais à peine ce qu'on me veut au juste, et pourquoi on m'a ainsi arraché brutalement à mes amis, à mes enfants !... Non, vraiment, je n'aurais pas cru qu'un pareil attentat fût possible !...

Lord Burydan l'interrompit :

— Mais, enfin, où sommes-nous? demanda-t-il avec anxiété.

— Je n'en sais rien... J'ai été amené ici, après quarante-sept jours de voyage. Mais une chose dont je suis sûr, c'est que cette île est le repaire principal, la capitale, pour ainsi dire, d'une troupe de redoutables bandits. Malgré la séquestration où l'on me tient, j'ai fini, à la longue, par surprendre bien des choses.

(1) Voir : *Le mystérieux Docteur Cornélius* et *Le Sculpteur de chair humaine*, volumes 3 et 6 de la collection des « Romans pour tous ».

— Avant tout, reprit l'Anglais, apprenez-nous comment vous vous trouvez ici.

— Vous me connaissez de nom, mylord ; vous le savez, j'avais toujours mené l'existence casanière de l'homme qui a consacré sa vie à la science. Personnellement, il ne m'était jamais arrivé, jusqu'ici, aucune aventure. Le seul drame dans ma tranquille existence a été l'assassinat de mon ami Maubreuil, par un Américain, à l'heure actuelle enfermé dans un asile de fous. Andrée de Maubreuil et ma fille, Frédérique, étaient amies, presque sœurs. Je les aimais autant l'une que l'autre, et j'avais résolu de les marier à deux de mes collaborateurs, deux jeunes savants pour lesquels j'avais autant d'estime que d'amitié.

— Et ce double mariage n'a pas eu lieu?

— Un peu de patience !... Le soir même des fiançailles, je me promenais paisiblement, à un kilomètre à peine de chez moi, quand un aéroplane est venu atterrir sur la lande ; des hommes sont descendus, m'ont jeté dans un des baquets, après avoir assommé, assassiné peut-être, un enfant qui m'avait suivi dans ma promenade. Mon chien Pistolet s'était élancé près de moi. Je l'ai tellement bien défendu qu'ils n'ont pas osé le tuer.

En entendant son nom, un chien barbet de forte taille, à la toison noire et bouclée, se leva de dessous une des tables et se rapprocha de son maître, qu'il regardait de ses grands yeux humides, expressifs comme ceux d'un être humain. M. Bondonnat caressa l'animal qui se coucha aussitôt à ses pieds, avec un grognement de plaisir.

— Après une heure à peine de vol, reprit le vieux savant, l'aéroplane me déposa sur le pont d'un yacht et je fus aussitôt enfermé avec mon chien dans une cabine. Je n'en suis sorti que pour changer de prison ; je suis gardé à vue dans ce laboratoire, et je sais qu'à la première tentative que je ferais pour prendre la fuite, je serais fusillé sans miséricorde par les sentinelles qui se relayent d'heure en heure.

— Voilà, murmura l'Anglais avec une sorte de satisfaction, quelque chose de plus étrange que tout ce qui m'est arrivé, à moi.

Et il ajouta :

— Avez-vous pu, enfin, cher maître, deviner le but de cette extraordinaire séquestration?

— Je n'ai pas tardé à l'apprendre. J'avais pris possession, depuis deux jours à peine, de la maison de bois, confortable, presque luxueuse, qui me sert de prison, lorsqu'un matin, un homme est entré, le visage couvert de ce masque en caoutchouc mince qui déguise tous ceux qui ont affaire directement à moi. A son accent, à sa mentalité même, j'ai reconnu un Yankee : « Monsieur Bondonnat, m'a-t-il dit brutalement, vous êtes un grand savant, nous n'en voulons pas à votre vie, mais nous exigeons que vous nous fassiez connaître toutes vos découvertes, toutes, et que vous vous mettiez entièrement à notre disposition, pour d'autres inventions. »

— Naturellement, répliqua lord Burydan, vous avez protesté?

— Avec indignation. Alors l'Américain — je suis sûr que c'est un Américain — m'a répondu tranquillement : « Comme il vous plaira, seulement, dans ce cas, vous pouvez vous considérer comme prisonnier à perpétuité ; vous ne reverrez jamais ni votre fille ni votre pupille, ni vos amis ; au contraire, si vous mettez votre intuitif génie à notre service, vous serez royalement récompensé et vous serez mis en liberté sitôt que nous n'aurons plus besoin de vous. Enfin, vous pourrez — sous certaines restrictions — faire savoir à vos filles que vous êtes encore vivant, et vous aurez de temps en temps de leurs nouvelles. Ah ! j'oubliais encore quelque chose : si vous faites la mauvaise tête, votre chien sera abattu, ce sera la première mesure de rigueur que nous prendrons contre vous. »

— Et vous avez accepté?

— Oui, murmura M. Bondonnat en baissant la tête. J'ai eu peur pour ma fille, pour mes filles, car je regarde Andrée de Maubreuil comme mon enfant ; j'ai craint que ces misérables, qui paraissent tout puissants, ne s'en prennent à ces innocentes enfants ou à leurs fiancés ; je me suis mis au travail.

Lord Burydan serrait les poings avec une généreuse colère.

— Monsieur Bondonnat, s'écria-t-il, je suis riche, je suis puissant, moi aussi, je vous jure qu'une fois sorti d'ici, je tirerai de ces gens-là une vengeance terrible !...

— A quoi bon la vengeance? murmura le vieillard mélancoliquement ; je ne veux de mal à aucun de mes ennemis. Puis, ces bandits, qui se croient très habiles, servent peut-être sans s'en douter la cause éternelle de ce Progrès, toujours en marche, qui s'avance infatigablement, à travers mille avatars, vers un avenir meilleur, vers une société plus parfaite.

— Que voulez-vous dire?

— On a précisément exigé de moi les formules qui permettent de doubler, de décupler le rendement des cultures. Ce que j'avais réalisé en petit dans mes jardins, on doit, à l'heure actuelle, le réaliser en grand dans les plantations de coton et de maïs. Il m'aurait fallu des millions peut-être pour vulgariser mes découvertes ; les bandits — milliardaires certainement — qui m'ont séquestré, se chargent de cette besogne... Ils ont cru me voler, ils travaillent, malgré eux, à l'œuvre que j'ai rêvée : la production intensive, à vil prix, de toutes les substances nutritives, la disparition de la Misère et de la Faim dans l'univers !...

Lord Burydan demeurait silencieux et pensif ; la parole du vieux savant lui ouvrait sur l'avenir de lumineuses fenêtres.

— Mais pourquoi, reprit-il au bout d'un instant, me disiez-vous que cette île était un repaire de bandits?. Que des milliardaires, les directeurs d'un trust quelconque, vous aient enlevé pour vous voler vos découvertes, cela est vraisemblable, mais des bandits?

— Attendez donc, répliqua le vieillard, je ne vous ai pas tout dit. Il avait été convenu, dès le premier jour de mon arrivée, que les substances, les appareils et le personnel nécessaires à mes expériences me seraient fournis en nombre illimité ; on m'a tenu parole. Je n'ai qu'un mot à dire pour que les métaux les plus rares, les machines les plus coûteuses soient mis à ma disposition ; on m'a donné comme aides d'athlétiques gaillards à longue barbe, d'une docilité parfaite, malgré leur mine de bandits ; mais ces aides ont bavardé, et voici ce que j'ai fini par apprendre...

— La Main Rouge ! murmura l'Indien Kloum qui, jusqu'alors, était demeuré immobile et silencieux.

— Oui, reprit M. Bondonnat en baissant la voix, la Main Rouge. Il existe aux Etats-Unis une association de pickpockets et de meurtriers extrêmement puissante, et cette île est leur place de sûreté, leur capitale. Savez-vous comment ils l'appellent entre eux ? *L'île des Pendus.*

— Pourquoi ?

— C'est ici que se réfugient, paraît-il, en attendant qu'on les ait oubliés, tous les malfaiteurs, *véritablement exécutés*, mais que les médecins affiliés à la Main Rouge ont réussi à arracher à la mort. La pendaison, c'est un fait très connu, n'est pas mortelle, si l'on a soin de prendre, avant le supplice, certaines précautions. Ce nom, d'ailleurs, doit déjà être ancien et remonter à l'époque où l'électrocution n'était pas encore adoptée en Amérique pour les exécutions capitales. En somme, cette île est peuplée de gens dont l'acte de décès a été rédigé en bonne forme.

— Il me semble faire un mauvais rêve, balbutia l'Anglais en frissonnant, mais que vont-ils faire de moi, qui ne suis pas, comme vous, un grand savant?

— Vous êtes riche, répliqua M. Bondonnat, ils se contenteront sans doute d'exiger de vous une forte rançon ; ils n'attenteront pas à votre vie, ils l'auraient déjà fait ; ils semblent ici, d'ailleurs, dans cette *île des Pendus*, tellement sûrs de l'impunité, tellement chez eux, qu'ils n'ont pas de raison de se montrer inutilement cruels.

A ce moment, Pistolet se dressa brusquement et se mit à aboyer avec rage.

— On vient, murmura le vieux savant, non sans un peu d'émotion.

Presque aussitôt, les portes du laboratoire s'ouvrirent à deux battants, livrant passage à un inquiétant cortège. En tête marchaient deux hommes de taille herculéenne, entièrement vêtus de rouge et armés de haches de bûcheron. Leurs larges feutres gris, relevés sur le côté, étaient décorés d'une main rouge ; derrière eux venaient trois personnages engoncés dans de luxueuses pelisses de renard noir, ils ne portaient aucune arme ; leurs bonnets de fourrure étaient entourés d'un cercle d'or d'où s'élevaient une multitude de petites mains de rubis, de façon à former une véritable couronne. Leur visage rasé était recouvert d'un masque de caoutchouc mince qui, tout en le dissimulant complètement, laissait deviner les jeux de la physionomie. L'un d'entre eux portait des lunettes d'or.

Six hercules, aux barbes longues et hirsutes, formaient l'arrière-garde, armés de carabines et de brownings : ils étaient coiffés du chapeau gris orné de la main rouge, mais leurs vêtements étaient de cuir noir et ils étaient chaussés de bottes qui leur montaient jusqu'au genou.

Les huit hommes de l'escorte se rangèrent en demi-cercle près de la porte, pendant que les trois personnages masqués s'avançaient auprès de M. Bondonnat qu'ils saluèrent d'un orgueilleux signe de tête. Le vieux savant comprit qu'il se trouvait en présence des chefs des bandits, de ces redoutables « Lords de la Main Rouge » qui, depuis tant d'années, tenaient en échec la police et le gouvernement de l'Union.

Pistolet, à la fois épouvanté et furieux, s'était réfugié près de son maître, d'où il continuait à aboyer sourdement contre les nouveaux venus.

— Monsieur Bondonnat, dit un des hommes masqués, d'une voix railleuse, vous êtes ingénieux et rusé, seulement vous avez oublié de détraquer quelques-uns des microphones, et nous avons eu le plaisir, à l'instant même, d'assister à votre conversation. Prenez garde de devenir trop bien informé en ce qui concerne cette île et ses habitants, cela pourrait devenir dangereux pour vous.

Et comme le vieux naturaliste demeurait silencieux :

— Tout d'abord, continua l'homme au masque, nous allons vous priver des services de lord Burydan ; il pourrait résulter de votre entente avec lui de dangereuses conspirations. L'honorable lord, en attendant que nous ayons réglé la question de sa rançon, ira travailler dans le parc des phoques à fourrure, où la besogne ne manque pas. M. Bondonnat, en attendant mieux, se contentera, comme préparateur, de ce brave Peau-Rouge, cet honnête Kloum, que je ne crois capable d'aucun mauvais dessein.

Lord Burydan voulut protester :

— C'est indigne ! s'écria-t-il, de quel droit ?...

Mais déjà, deux des bandits à longue barbe l'avaient emmené en dehors du laboratoire.

— Ceci dit, continua imperturbablement l'homme au masque, en tirant de dessous sa pelisse un portefeuille où il prit une liasse de banknotes, voici, comme premier acompte sur ce qui vous a été promis, une somme de cent mille dollars.

— Je n'en veux pas ! s'écria le naturaliste avec colère ; je n'ai, en vous livrant mes découvertes, cédé qu'à la violence, je n'ai rien de commun avec vous, vous êtes des coquins, un peu plus riches seulement, un peu plus hardis que d'autres ! Gardez votre argent...

— Je laisse là les banknotes. Vous avez

trop de bon sens pour ne pas vous décider à les garder, après y avoir un peu réfléchi.

— Jamais !

— A votre aise. J'ai encore décidé ceci, d'accord avec mes collègues, — les deux autres lords de la Main Rouge s'inclinèrent ; — vous renoncerez désormais aux questions de météorologie agricole.

M. Bondonnat eut un geste de protestation.

— C'est comme cela. Nous allons donner un autre but à vos efforts. Vous allez étudier les moyens de détruire rapidement des navires de fort tonnage ; tâchez de trouver quelque chose de mieux que les banales torpilles.

— Vous voulez donc faire de moi un complice de vos pirateries? s'écria le vieux savant avec indignation ; *jamais*, vous m'entendez bien, jamais je ne mettrai mon savoir au service d'un pareil banditisme !... Je suis votre prisonnier, faites de moi ce que vous voudrez, ma vie est entre vos mains, mais je ne tenterai pas la moindre expérience !

— Vous réfléchirez, reprit le lord de la Main Rouge avec un calme effrayant ; seulement, si, d'ici trois jours, vous ne nous donnez pas une réponse favorable, votre chien sera abattu ; et si, au bout de huit jours, vous n'êtes pas encore décidé, c'est à Mlle Frédérique Bondonnat et à Mlle Andrée de Maubreuil que nous nous en prendrons.

Le vieillard était devenu blême ; il baissait la tête, accablé. Mais tout à coup sa physionomie s'éclaira d'un demi-sourire.

— C'est bien, fit-il, je me soumets, je suis le moins fort, je ferai ce que vous exigez de moi. Demain, je commencerai à étudier la question...

Les trois lords de la Main Rouge se regardèrent avec un certain étonnement ; ils avaient attendu, de la part du vénérable savant, une plus longue résistance.

— Surtout, reprit l'un d'eux, celui qui portait des lunettes d'or, n'essayez pas de nous tromper, monsieur Bondonnat ; vous avez affaire, sachez-le bien, à des savants qui sont, dans leur spécialité, aussi forts que vous.

— Messieurs, fit le naturaliste avec une bonne grâce parfaite, vous me verrez à l'œuvre

CHAPITRE V

LES TROIS LORDS

Une fois sortis de l'enceinte de palissades qui entourait le laboratoire, les trois lords de la Main Rouge congédièrent leur escorte, enlevèrent leurs masques et pénétrèrent dans une maison de bois et de briques à un seul étage, d'apparence presque coquette ; elle était entourée d'un jardin où l'on avait réuni tous les végétaux capables de résister à la rigueur du climat ; il y avait là des sorbiers, des pins, des saules arctiques, autour desquels étaient ménagées des plates-bandes de bruyères et de plantes alpestres.

Les trois lords entrèrent dans un salon chauffé par un gros poêle de porcelaine, et confortablement meublé de fauteuils de cuir et d'armoires de pitchpin et de hêtre verni. Un samovar d'argent exhalait l'odorante vapeur du thé jaune. Des piles de sandwiches au caviar s'entassaient sur des assiettes de vieux Saxe.

— Messieurs, dit l'homme aux lunettes d'or, ce vieux savant français me paraît rusé en diable ; je crois qu'il faut se méfier.

— Mon cher docteur Cornélius, répliqua un autre, celui-là même qui s'était fait le porte-parole de ses deux collègues près de M. Bondonnat, je crois que vous avez tort. Le Français craint pour ses filles ; avec cet argument-là, nous ferons de lui tout ce que nous voudrons.

— Ce n'est pas sûr.

— Si, fit le troisième interlocuteur, Baruch a parfaitement raison. Bondonnat adore ses filles ; d'ailleurs, il nous a donné des gages sérieux. L'application de ses procédés a décuplé le rendement de nos acréages de maïs et de coton.

— C'est possible, mon cher Fritz, reprit Cornélius, mais ce que nous lui demandons maintenant heurte ses préjugés, et il a eu un sourire singulier... je n'ai pas confiance.

Baruch leva le poing.

— Que Bondonnat le veuille ou non, s'écria-t-il, il nous obéira. Nous le tenons, et nous le tenons bien !

— N'empêche, fit Cornélius avec obstination, qu'il a eu un bizarre sourire... Il a accepté *bien* facilement de s'occuper d'une invention qu'il doit regarder comme une œuvre abominable. Ce vieux renard nous jouera quelque mauvais tour, j'en ai le pressentiment et je ne me trompe guère...

Baruch haussa les épaules.

— Bah ! fit-il, je ne vois pas ce que ce pauvre Bondonnat, tenu comme il l'est, peut entreprendre contre nous !...

— Au besoin, dit Fritz Kramm, on le supprimerait.

— Jamais de la vie ! s'écria Baruch avec emportement. J'aime beaucoup Mlle Andrée de Maubreuil, et je suis persuadé que, sous mon nouveau visage, je lui plairai !

— Malgré le crime, s'écrièrent à la fois Fritz et Cornélius, stupéfaits.

— Peut-être à cause du crime...

Il y eut un silence.

— Soit, murmura Cornélius avec un rire diabolique, nous respecterons la vie de votre futur beau-père... Laissons ce sujet de côté.

— Oui, approuva Fritz, notre yacht part ce soir, il est bon que nous employions les heures qui nous restent à une dernière et sévère tournée d'inspection. N'oublions pas que cette île, la capitale de la Main Rouge, la légendaire île des Pendus, dont parlent, sans y croire, tous les tramps, est un atout capital dans la partie que nous jouons. C'est notre réserve, notre entrepôt, notre laboratoire secret, notre forteresse !

Baruch eut un sourire.

— Je vous admire, fit-il, vous parlez en vrai

poêle ; un chevalier du moyen âge n'eût pas autrement fait l'éloge de son donjon. Aujourd'hui, tout est changé.

— Comment cela ?

— Oui ; qu'il vienne en vue de l'île un croiseur cuirassé, un simple torpilleur même, et vous verrez votre arsenal réduit en miettes, vos soldats, vos « tramps » conduits à fond de cale, menottes aux pouces...

— Cela ne se passerait pas si facilement que cela, interrompit Cornélius ; d'abord, l'île des Pendus est entourée d'une ceinture de torpilles et de mines flottantes ; aucun navire, fût-ce un cuirassé de premier rang, un « dreadnought », n'en approcherait sans couler à pic ; cette ceinture protectrice existe encore dans un rayon de trois milles au large de l'île. Souvent, des naufrages ont lieu en pleine mer, on ne se les explique pas dans ces parages... Comprenez-vous. Il faudrait toute une flotte pour s'emparer de l'île des Pendus. C'est la ville de la Main Rouge. C'est notre capitale à nous !

Baruch se taisait. Cornélius continua avec une verve enthousiaste :

— Croyez-vous même que si un détachement de matelots arrivait à débarquer, la victoire lui serait assurée ? Pas du tout. Nous avons des haies de barres électrisées qui foudroieraient celui qui essaierait de les franchir, des fosses à dynamite capables de réduire en poudre un régiment ; enfin, nos hommes qui, tous, condamnés à mort, n'ont rien à espérer que la mort, se battront jusqu'à la dernière goutte de sang.

— Si le gouvernement de l'Union était au courant de cet état de choses... murmura Baruch.

— Parbleu ! dit Fritz, mais notre force réside précisément en ceci qu'on nous ignore, qu'on nous dédaigne. Pour tout le monde, l'île des Pendus n'est qu'un rocher glacé, bon seulement à servir de parc aux phoques à fourrure...

— Avez-vous remarqué, interrompit tout à coup Baruch, comme le chien du vieux Français me déteste. Il ne se trompe pas, lui. Il reconnaît parfaitement Baruch Jorgell sous les traits de Joë Dorgan.

— Qu'importe, fit Cornélius, ce chien reste dans l'île, et vous n'avez pas souvent l'occasion d'y revenir.

— Cela m'eût fait plaisir de l'abattre moi-même, comme j'ai essayé de le faire autrefois.

— Impossible, dit Fritz. Bondonnat a pour cet animal une très grande affection, sa crainte de le voir périr est un de nos moyens d'action sur le Français.

— Soit, grommela Baruch en se levant et en regardant l'heure à son chronomètre. Mais il se fait tard, nous n'avons que le temps de procéder à notre tournée d'inspection.

Tous trois remirent leurs masques, endossèrent leurs pelisses et sortirent de la maison. En dehors du jardin, ils retrouvèrent les bandits qui leur servaient de gardes du corps.

Ils visitèrent d'abord la région nord de l'île qui était entièrement abandonnée aux phoques et qui comprenait une vaste baie parsemée d'îlots rocheux. Les animaux, que personne ne molestait, n'étaient nullement farouches ; on les voyait par groupes de cinq ou six se chauffer au soleil, étendus sur le sable, ou jouer entre eux, avec cette espèce de cri guttural qui ressemble à un aboiement. Une demi-douzaine d'Esquimaux étaient chargés de les surveiller et de les approvisionner de poisson. A côté de la hutte des Esquimaux, il y avait un hangar pour la préparation des peaux ; c'est là que lord Burydan devait être employé, jusqu'à ce que les lords de la Main Rouge eussent pris une décision à son égard.

Baruch et ses complices ne jetèrent qu'un coup d'œil distrait sur cette installation. De là, ils passèrent aux magasins qui formaient une sorte de village au centre de l'île et qui renfermaient en abondance les vivres, les vêtements, les armes et les munitions nécessaires à la garnison composée d'une centaine de bandits.

Ceux-ci occupaient une sorte de caserne tenue avec beaucoup de propreté et où régnait une discipline sévère.

Quand les lords entrèrent dans la salle principale qui servait de réfectoire, les bandits s'alignèrent sur deux files, tête nue, observant un respectueux silence. Tous ces hommes avaient le même aspect physique, la mine sauvage, la barbe longue, les épaules larges et les mains rugueuses. Tous portaient le même costume de cuir, avec le chapeau de feutre, relevé sur le côté et orné d'une main rouge. Dans le fond de la salle, il y avait un râtelier d'armes où des carabines Winchester et des brownings, parfaitement entretenus, étaient alignés symétriquement.

Cornélius se tourna vers un des bandits vêtus de rouge, uniforme qui distinguait les chefs de cette armée de malfaiteurs.

— Capitaine Slugh, fit-il, nous sommes sur notre départ ; n'avez-vous aucune communication spéciale à faire aux lords de la Main Rouge ?

— Non, Votre Honneur, répondit le bandit avec une profonde salutation. J'espère que les lords sont satisfaits de la tenue et de la discipline.

— Très satisfaits ; aussi, désormais, j'autorise tous les samedis la double ration de whisky. Dans le courant du mois, le yacht de la Main Rouge viendra chercher les hommes dont la présence est redevenue possible dans les Etats de l'Union. La situation est-elle toujours bonne au point de vue sanitaire ?

— Excellente, sauf que Jackson, depuis qu'il a été électrocuté, est toujours agité d'un tremblement nerveux qui ne guérira sans doute jamais. Quant à Moller, il a été si brutalement pendu, au Canada, que son cou, en dépit de tous les massages, ne redeviendra jamais droit. Berwal, qui avait été lynché, à demi grillé sur un monceau de fagots enduits de pétrole, a dû subir l'amputation du bras. A part cela, il n'y a pas de malades.

— J'irai moi-même à l'infirmerie, dit gravement Cornélius ; quand à Berwal, je le ferai rapatrier dès qu'on lui aura fabriqué des papiers, et il touchera la pension à laquelle il a droit. Les lords de la Main Rouge, ajouta-t-il au milieu d'un profond silence, n'abandonnent jamais ni leurs amis ni leurs ennemis.

Ensuite, Cornélius passa dans les rangs, adressant quelques mots à chacun des bandits.

— Pouruoi es-tu ici ? demanda-t-il à l'un.

— Electrocuté, répondit l'homme, et rappelé à la vie dans l'amphithéâtre, par un docteur appartenant à l'association.

— Et toi ?

— Evadé du pénitencier.

— Et toi ?

— Pendu.

— Et toi ?

— Electrocuté.

— Et toi ?

— Pendu.

Les réponses étaient invariables ; tous ces misérables avaient subi le dernier supplice et ils y avaient survécu, grâce aux complicités que la Main Rouge se ménageait partout. La sinistre capitale n'avait pas volé son nom d'île des Pendus.

De tous les bandits présents, deux seulement n'avaient été ni pendus, ni électrocutés, ni lynchés ; l'un avait été « garrotté » en Espagne, l'autre s'était échappé des mines de *vert-de-gris de Sibérie, après avoir subi la* peine du knout.

Cornélius, arrivé à l'extrémité de la salle. s'était arrêté en face d'un vieux bandit à longue barbe blanche.

— Eh bien, père Marlyn, lui demanda-t-il, la santé est toujours bonne ?

— Oui, Votre Honneur, je vais sur mes quatre-vingt-deux ans ; pourtant, cela ne m'empêche pas d'avoir de l'appétit et de trouver que le whisky est une bonne chose.

Fritz Kramm s'était penché vers Baruch.

— Vous voyez ce vieillard, lui dit-il à l'oreille, c'est un véritable patriarche, le doyen des tramps (1) sans nul doute. Dès sa plus tendre enfance, il attaquait les gens sur les grandes routes, il a été pendu deux fois et lynché en tant d'occasions qu'il ne s'en rappelle même plus le nombre exact. Il a toujours eu la chance de s'en tirer sain et sauf. Il est célèbre dans toute l'Amérique, il a encouru plus de cent ans de prison qu'il n'a jamais faits...

Cette sorte de revue termina la visite. Le capitaine Slugh fit rompre les rangs, et les trois lords, après avoir franchi une haute palissade, pénètrèrent dans la troisième subdivision de l'île, qui ne comprenait que cinq ou six maisons de bois disséminées au bord d'un cours d'eau.

L'intérieur d'une de ces habitations évoquait vaguement l'idée d'une étude de notaire ou d'avoué. Tous les murs en étaient couverts de cartons disposés avec beaucoup d'ordre. Au centre de la pièce, deux hommes recopiaient un document à en-tête, qui paraissait être un acte de naissance.

— Vous ne connaissez pas nos bureaux, dit en riant Fritz à Baruch. c'est ici que se fabriquent tous les faux papiers dont les membres de l'association ont besoin lorsqu'il leur devient nécessaire de changer d'identité. Nous possédons un assortiment complet de textes officiels et d'imprimés, une collection de timbres et de cachets, des encres de toutes les couleurs, des produits chimiques dans le genre de l'hypochlorite de chaux et de l'eau oxygénée, pour des changements de date.

— Vous êtes, à ce que je vois, dit Baruch, admirablement outillés.

— Rien ne nous manque. En une heure, je puis avoir un acte de décès ou de naissance, un certificat quelconque, présentant toutes les marques de l'authenticité.

Les deux faussaires s'étaient levés à l'arrivée des lords et restaient silencieux et tête nue.

— Asseyez-vous, dit Cornélius ; nous ne voulons pas vous déranger de votre besogne.

Le docteur avait pris sur la table quelques pièces au hasard ; il les montra à Baruch qui ne put s'empêcher d'admirer la perfection du travail.

— Ce n'est pas mal, n'est-ce pas, dit Fritz ; la Main Rouge a gagné bien des procès, même au civil, grâce à ces habiles artistes. Maintenant, si vous le voulez bien, nous irons voir la fabrique de fausses banknotes.

— Elle ne fonctionne pas en ce moment, objecta Cornélius, nos coffres sont pleins et nos ateliers chôment, mais je puis toujours vous faire contempler Julian et Johnie, deux graveurs d'un véritable talent qui se sont fait une spécialité de reproduire, à s'y méprendre, les billets de banque de toutes les nations civilisées.

Tout en conversant, ils étaient arrivés jusqu'auprès d'un long bâtiment que surmontait une cheminée en briques. Ils traversèrent deux ou trois salles où se trouvaient des presses typographiques, puis Cornélius fit halte devant une porte percée d'un judas grillé.

— Regardez, dit-il en baissant la voix.

Baruch se pencha et faillit jeter un cri de surprise.

Il venait d'apercevoir deux hommes studieusement occupés à graver une planche ; mais l'un de ces hommes ressemblait trait pour trait au docteur Cornélius lui-même, tandis que le second, dans sa physionomie, offrait l'image exacte de Fritz Kramm.

Le docteur avait doucement refermé le judas.

— Que pensez-vous de cela ? fit-il.

— Je suis émerveillé.

— Vous devez comprendre, mon cher Baruch, que dans la vie, on est quelquefois très heureux de posséder un sosie, ne fût-ce que pour établir victorieusement un alibi, dans quelque fâcheuse circonstance.

— Ces deux honnêtes graveurs, expliqua

(1) Tramp — chemineau, vagabond.

Fritz avaient avec nous une certaine ressemblance. Le docteur s'est contenté de parachever délicatement l'œuvre de la nature : une fois de plus, il a montré qu'il était bien « le sculpteur de chair humaine ».

Baruch demeurait silencieux ; il était épouvanté, et en même temps émerveillé, du pouvoir que ses complices paraissaient avoir sur tout ce qui les entourait.

Le reste de la tournée d'inspection dans l'île des Pendus s'acheva sans qu'il se produisît aucun incident digne de remarque.

Le lendemain, dès l'aube, des drapeaux noirs portant au centre une main sanglante, étaient arborés au-dessus de toutes les constructions de l'île. Le pavillon officiel de la Main Rouge se balançait aussi à la corne d'artimon du yacht, ancré dans la baie, en face même de la caserne des tramps.

Les trois lords traversèrent, pour s'embarquer, une double haie d'hommes en armes, et lorsqu'ils eurent mis le pied sur le pont du yacht, la batterie de canon installée sur les hauteurs les salua d'une salve de onze coups, auxquels les tramps répondirent par trois hurrahs, comme eussent pu le faire des marins réguliers de n'importe quelle nation.

Le yacht avait levé l'ancre ; d'abord, il évolua prudemment, entre les mines flottantes qui garnissaient les abords de l'île ; puis, la zone dangereuse franchie, il força de vapeur. Bientôt, ce ne fut qu'une tache blanche sur la mer grise et verte.

. . . .

En entendant les coups de canon qui lui annonçaient le départ des lords de la Main Rouge, M. Bondonnat avait eu un soupir de soulagement, et se tournant vers l'Indien Kloum :

— A nous deux, maintenant, mon brave, lui dit-il, il s'agit de rester le moins longtemps possible dans cette maudite île des Pendus, que le diable confonde !

— A nous trois, plutôt, répondit l'Indien en montrant le chien Pistolet, qui regardait son maître en ce moment avec des yeux si intelligents et si profonds qu'on eût juré qu'il avait compris ce qu'il venait de dire.

CHAPITRE VI

UNE IDYLLE

Une goélette anglaise, la *Perle Rose*, venant d'Australie avec un chargement de coprah (1), et se rendant à San-Francisco fit, deux jours avant son arrivée dans le grand port américain, une macabre rencontre. Un matin, les hommes d'équipage aperçurent l'Océan couvert à perte de vue de caisses oblongues, la plupart coloriées en rouge ou en bleu clair, quelques-unes même couvertes d'inscriptions dorées.

Le capitaine de la goélette croyait avoir fait une riche capture ; il ordonna aussitôt de mettre une chaloupe à la mer et de pêcher quelques-unes de ces caisses si élégamment peintes. On lui obéit avec ardeur, mais quelle ne fut pas la colère et le dégoût du matelot qui, le premier, fit sauter le couvercle d'une belle boîte dorée, en constatant qu'elle ne renfermait qu'un cadavre jaune et ratatiné, le cadavre d'un vieux Chinois.

Une seconde, puis une troisième et une quatrième caisse furent examinées, mais leur contenu à toutes était identique. La *Perle Rose* naviguait au milieu d'un véritable cimetière flottant.

Le capitaine, furieux de cette déconvenue, venait d'ordonner à la chaloupe de regagner le bord sans plus s'occuper des cadavres chinois, lorsque les marins aperçurent un naufragé ; évanoui, mort peut-être, il demeurait attaché à l'un des cercueils et l'on reconnut bientôt qu'il y était lié par une corde qui faisait le tour de sa ceinture. La corde coupée, l'homme hissé à bord, on constata qu'il ne donnait plus signe de vie ; les extrémités étaient glaciales et le cœur ne battait plus.

Le capitaine allait ordonner de le rejeter à la mer, lorsqu'un médecin, qui se trouvait par hasard à bord en qualité de passager, eut l'idée d'appliquer la respiration artificielle et les tractions rythmées de la langue. Au bout de trois heures de soins énergiques, le naufragé donna quelques faibles signes d'existence. Quand on atteignit San-Francisco, il était encore dans le coma, mais le docteur avait déclaré qu'il en réchapperait ; ne sachant que faire de lui, le capitaine le fit transporter à l'hôpital français où il demeura un mois entier.

Il avait déclaré se nommer Agénor Marmousier, poète français ; mais quand il raconta qu'il était au service d'un lord millionnaire près duquel il n'avait d'autre fonction que de trouver des idées extraordinaires et d'inventer des situations périlleuses et dramatiques, on crut que les souffrances qu'il avait éprouvées lui avaient tourné la cervelle, et on ne crut pas un mot de ses récits merveilleux.

Le directeur de l'hôpital s'en débarrassa en lui donnant une lettre de recommandation pour le consul de France. Ce dernier s'était, par hasard, trouvé en relations avec lord Burydan, le fameux excentrique, le milord Bamboche, dont s'entretenaient encore les chroniques des feuilles parisiennes. Il fut touché de pitié en voyant à quelle triste situation se trouvait réduit le poète, privé de son seul protecteur et vieilli de dix ans par les souffrances et la maladie. Il le réconforta par de bonnes paroles et lui remit un viatique suffisant pour gagner New-York et, de là, s'embarquer pour la France.

Agénor ne connaissait pas New-York, qu'il n'avait que traversé rapidement dans ses précédents voyages. Il résolut d'y passer trois jours, aussi bien pour se reposer que pour se faire une opinion sur la ville monstrueuse où les maisons à trente étages, les « gratte-

(1) Coprah — amande de noix de coco desséchée dont on extrait l'huile. Principal objet de commerce en Océanie.

ciel », semble jeter un défi aux sublimes architectures de l'Egypte, de l'Inde et du moyen âge gothique — New-York où le combat pour l'existence revêt une forme si inexorable et si sauvage.

Agénor se promit d'abréger son séjour dans cette ville où il ressentait un indicible malaise moral, et il s'informa des jours de départ du paquebot de la Compagnie transatlantique, à bord auquel il voulait retenir son passage. Comme il suivait les quais de Brooklyn, afin d'aller remplir cette indispensable formalité, son pied buta contre un objet volumineux ; il fit un faux pas et faillit s'étaler de tout son long. L'obstacle qui avait failli le faire choir si malencontreusement n'était autre qu'un portefeuille.

Le poète le ramassa.

— Tiens, murmura-t-il en examinant curieusement sa trouvaille, c'est de la peau de crocodile avec des initiales en or, F. J. Cela doit appartenir à quelque richard...

Agénor ouvrit le portefeuille et demeura littéralement ébloui ; il était bondé de banknotes de cinq cents et de mille dollars.

— Il y a là une vraie fortune, fit-il. Quel dommage que cela ne soit pas à moi !

Malgré sa pauvreté, il ne lui vint pas un seul instant la pensée de s'approprier la somme ; il n'eut qu'un souci : découvrir le nom de celui qui en était le propriétaire. La chose, d'ailleurs, lui fut aisée ; en même temps que les banknotes, le portefeuille contenait plusieurs lettres adressées à Mr. Fred Jorgell, un richissime spéculateur, très connu à New-York, et même dans toute l'Amérique, et dont Agénor avait entendu parler souventes fois. Aussitôt le poète sauta dans un cab électrique et, posant sur ses genoux sa précieuse trouvaille, il jeta au chauffeur l'adresse du milliardaire.

Fred Jorgell ne se trouvait pas chez lui ; ce fut un homme de confiance, un vieil Irlandais, nommé Paddock, qui reçut le vieux poète et qui, en apprenant le but de sa visite, le félicita cordialement.

— Vous méritez d'autant mieux d'être complimenté, dit-il, que vous eussiez pu garder ces banknotes sans que mon maître fit aucune recherche pour en découvrir le détenteur. Pour lui, une pareille somme est tout à fait insignifiante...

Agénor interrompit brusquement le majordome irlandais.

— Il me semble, fit-il, que le fait de rapporter à son légitime propriétaire un objet trouvé ne mérite pas des éloges aussi exagérés. Au revoir, monsieur, je suis un peu pressé.

Le poète avait fait un pas vers la porte ; l'honnête Paddock lui barra le passage.

— Vous ne vous en irez pas ainsi, s'écria-t-il ; Mr. Jorgell me réprimanderait sévèrement, si je vous laissais partir sans vous avoir remis une récompense proportionnée à l'importance de la somme.

— Je ne veux rien accepter, déclara Agénor en rougissant, ce n'est pas l'usage dans mon pays.

Agénor allait se retirer, en dépit de tous les efforts de l'Irlandais, lorsque la porte du salon d'attente s'ouvrit brusquement : une jeune fille à la démarche harmonieuse, au visage d'une beauté grave et sereine, apparut.

— Qu'y a-t-il donc, Paddock? demanda-t-elle, il me semble avoir entendu le bruit d'une discussion.

— Miss Isidora, répliqua le vieil Irlandais, c'est ce gentleman français qui vient de rapporter le portefeuille plein de banknotes que votre père avait perdu hier et qui ne veut accepter aucune récompense.

— C'est bien, dit la jeune fille, après avoir entendu les explications du majordome, laissez-nous, mon brave Paddock, cette affaire me regarde.

Et indiquant, d'un geste gracieux, un siège au poète décontenancé, elle lui dit, en employant la langue française, qu'elle parlait de façon admirablement correcte :

— Asseyez-vous, monsieur, il faut pardonner à Paddock, dont l'intention était excellente, il né savait pas à qui il avait affaire. Je suis heureusement un peu moins ignorante que lui des choses de la France. En entendant prononcer votre nom, quelques-uns des beaux vers que vous avez écrits ont chanté dans mon souvenir.

— Miss, balbutia Agénor, très ému et rougissant — de confusion, cette fois — merci de votre indulgence.

— J'espère que maintenant, ajouta la jeune fille, avec un charmant sourire, vous n'allez pas nous quitter si promptement ; vous ne refuserez pas d'accepter une coupe de champagne en ma compagnie.

L'entretien, commencé sur ce ton de cordialité, prit bientôt une tournure tout à fait confidentielle ; miss Isidora fit à son hôte une foule de questions, sur la France d'abord, puis sur lui-même. Agénor, que la franchise de la jeune milliardaire avait mis très à son aise, ne se fit pas prier pour raconter par le menu les plus intéressantes de ses dernières aventures. Le récit n'en était pas encore terminé, lorsque Fred Jorgell entra ; il était ce soir-là d'excellente humeur, car il venait de conclure un marché des plus avantageux. Rapidement, miss Isidora le mit au courant et lui présenta le poète.

— By God, s'écria le milliardaire avec un gros rire, permettez-moi de vous serrer la main.

Et il gratifia le poète d'un shake-hand à faire craquer les os et les jointures.

— Ce n'est pas tous les jours, continua-t-il, qu'on a le plaisir de serrer la main d'un honnête homme. Mais, j'y pense, vous allez me faire le plaisir de partager notre dîner.

Entraîné, séduit par ces façons un peu brutales mais pleines de franchise, Agénor dut accepter cette invitation. Un quart d'heure après, il se trouvait installé entre Fred Jorgell et miss Isidora dans la luxueuse salle à manger, où, sans qu'on vit aucun domestique, le service était fait automatiquement. D'ingénieux appareils électriques faisaient circuler les plats et enlevaient la desserte ; on se fût cru dans quelque demeure enchantée.

Quoiqu'il mangeât pour son compte très sobrement d'ordinaire, le milliardaire avait voulu que le menu fût digne de sa fortune. Entre autres raretés gastronomiques, Agénor savoura une exquise soupe à la tortue, des huitres frites, des pattes d'ours truffées et une langouste à la javanaise, qui était tout simplement une merveille.

— Que pensez-vous de ma cuisine? demanda tout à coup le milliardaire en se tournant vers le poète, qui, avec un appétit de convalescent, avait fait honneur à tous les plats.

— Délicieuse, répondit Agénor, il faudrait être vraiment difficile pour ne pas la trouver telle.

— Alors elle vous plaît?

— Dites qu'elle m'enthousiasme !

— Alors c'est parfait. Voilà déjà un point important de réglé, je suis sûr que nous allons nous entendre.

— Je vous avoue que je ne comprends pas encore où vous voulez en venir.

— Vous allez être au fait en deux mots. Je sais que vous n'avez plus en France ni famille, ni amis...

— J'ai bien encore des amis, mais...

— Ne m'interrompez pas. J'ai besoin, moi, d'un homme de confiance, d'un secrétaire particulier, parlant bien le français et l'anglais. Vous me conviendriez tout à fait. La besogne ne serait pas écrasante ; vous auriez deux mille dollars par mois...

— Et, bien entendu, interrompit miss Isidora en riant, vous mangeriez à notre table.

— Cela va de soi, reprit Fred Jorgell. Acceptez-vous ma proposition?

Agénor était effaré de cette promptitude à traiter les affaires.

— Votre offre est des plus séduisantes, répondit-il, mais je vous avoue que vous me prenez un peu à l'improviste...

— C'est que nous autres Yankees, répliqua le milliardaire, nous ne perdons pas le temps à hésiter et à tergiverser, comme vous autres gens du Vieux-Monde. Allons, décidez-vous. Je vous donne cinq minutes pour réfléchir.

Et le terrible homme tira son chronomètre et le posa sur la table en face de lui.

— C'est un grand service que vous rendrez à mon père et à moi, ajouta miss Isidora.

— Eh bien ! soit, j'accepte, murmura le poète, tout interdit.

— Alors c'est entendu, on va vous désigner votre appartement ; demain, vous entrerez en fonctions, après avoir touché un premier trimestre d'avance.

C'est ainsi que, de la façon la plus inattendue, le poète Agénor Marmousier devint le secrétaire particulier du milliardaire Fred Jorgell.

Il n'eut d'ailleurs qu'à se louer de la décision qu'il avait prise. Il était considéré par miss Isidora et par son père bien plus comme un ami que comme un employé ordinaire, et le travail de correspondance dont il était chargé n'était ni compliqué ni difficile. Sans le chagrin que lui causait la mort de l'excentrique lord Burydan, Agénor se fût considéré comme parfaitement heureux dans la maison du milliardaire.

CHAPITRE VII

HARRY ET ISIDORA

Fred Jorgell avait longtemps partagé la royauté du maïs et celle du coton avec le spéculateur William Dorgan, mais ce dernier l'avait, comme on sait, emporté dans la lutte. Fred Jorgell s'était vu obligé de liquider le stock dont se composait son trust et de le céder à perte à son adversaire. Il eût même peut-être été complètement ruiné sans l'intervention de l'ingénieur Harry Dorgan, qui avait décidé son père à modérer ses exigences.

Harry avait été autrefois fiancé à miss Isidora ; mais, quoique leur mariage eût été ajourné jusqu'à une date indéfinie, les deux jeunes gens avaient conservé l'un pour l'autre un sincère attachement.

Un matin, Agénor revenait du bureau de poste où il venait d'expédier quelques chargements pour le compte de Fred Jorgell, lorsqu'il se trouva tout à coup en face d'Harry Dorgan. Les deux hommes se connaissaient, ils se saluèrent courtoisement.

— Miss Isidora se porte toujours bien? demanda l'ingénieur.

— A merveille. Mais vous paraissez préoccupé, master Harry?

— Oui, je suis de très méchante humeur. Je viens d'avoir une discussion violente avec mon frère Joë. Décidément, nous ne pouvons pas nous entendre. Il faudra que cela finisse...

Agénor allait continuer son chemin sans insister, par discrétion, lorsque l'ingénieur le rappela brusquement.

— Il faut que je vous prie de me rendre un service, lui dit-il, je sais que vous êtes au mieux avec mistress Barlott.

Le poète rougit, car on prétendait qu'il faisait une cour discrète à la dame de compagnie de miss Isidora.

— Tout à votre service, répondit-il, que désirez-vous de moi?

Harry Dorgan tira une lettre de sa poche.

— Je vous serais très reconnaissant de faire remettre ceci à miss Isidora, à elle-même.

— C'est entendu, répondit Agénor en souriant, votre commission sera fidèlement exécutée.

Et il prit congé de l'ingénieur.

Un quart d'heure plus tard, miss Isidora, non sans un peu d'émotion, brisait le cachet de la lettre d'Harry Dorgan.

« Ma chère Isidora, écrivait-il, je vous ai déjà tenu au courant de tous les ennuis que m'a causés mon frère Joë, mais depuis quelque temps son animosité contre moi s'est exaspérée, et ses mauvais procédés deviennent intolérables. Il ne m'a jamais pardonné la part que j'ai prise dans l'arrangement qui est intervenu entre votre père et le mien au sujet de la liquidation du trust.

« Je dois le dire. Joë est fort mal conseillé par les frères Kramm, le docteur Cornélius, le « sculpteur de chair humaine », et, Fritz, son frère, le marchand de curiosités ; ces deux hommes ont pris sur lui, je ne sais comment, un ascendant extraordinaire. Il a fait, en leur compagnie, deux ou trois voyages mystérieux et, depuis, sa haine contre moi semble s'être encore augmentée ; c'est à peine s'il m'adresse la parole.

« Je croyais un moment avoir reconquis quelque influence sur mon père ; avec sa loyauté native, il avait été heureux de mon initiative dans l'affaire de la liquidation du trust. Joë a eu bien vite fait de regagner le terrain qu'il avait perdu. A force d'insinuations malveillantes, il en vient à me faire presque détester par mon père ; mon avis n'est plus écouté, et, quand il s'agit d'une affaire un peu sérieuse, on ne se donne même plus la peine de me consulter avant de prendre une décision.

« Mon père — j'en suis certain — a pour moi, au fond du cœur, la même affection qu'autrefois, mais il a dû être abusé par des mensonges, et cela est visible par la contrainte qu'il me montre, au lieu de la franche expansion d'autrefois et de naguère encore.

« Vous savez, ma chère Isidora, combien je suis énergique et même brutal, chaque fois que je me trouve en présence d'une injustice, — que ce soit moi ou un autre qui en soient victimes ; — je n'ai pu m'empêcher de dire à Joë, et de façon très verte, ce que je pensais, et j'ai, en présence de mon père lui-même, qualifié sévèrement les procédés malhonnêtes dont votre père a été victime dans le trust agricole.

« De toute façon la vie est devenue intenable pour moi dans la maison paternelle.

« Je veux mettre fin à cette situation.

« Au moment même où vous lirez cette lettre, j'aurai demandé à mon père l'autorisation de vous épouser. Que cette autorisation me soit accordée ou refusée, je ne passerai pas un jour de plus près d'un frère qui me déteste et près d'un père qui me dédaigne et ne tient plus aucun compte ni de ma loyauté ni de mes efforts.

« Si je vous disais tout le fond de ma pensée, chère Isidora, mon frère Joë n'est plus le même depuis sa captivité chez les bandits de la Main Rouge. Ses idées, sa manière d'être sont complètement changées, il y a des moments où je me demande *si c'est bien lui* qui s'exprime de cette façon arrogante, impérieuse et brutale.

« Je n'ai plus qu'un espoir, c'est dans la loyauté de mon père, *il faut* qu'il consente à notre union. Votre estime et votre cœur, dont je suis sûr, m'encouragent.

« Votre,

« Harry DORGAN. »

Mais Isidora lut et relut avec une profonde émotion ces lignes fiévreuses, griffonnées sous le coup d'une généreuse colère, mais elle n'osa confier son secret ni à Fred Jorgell, ni au poète Agénor, ni même à sa dame de compagnie, la dévouée mistress Mac Barlott.

Comme celle-ci s'inquiétait du silence de miss Isidora, dont elle avait remarqué la mine préoccupée, la jeune fille eut un mouvement d'impatience.

— Je suis un peu nerveuse aujourd'hui, ma chère Mac Barlott, murmura-t-elle en guise d'excuses. Je sens que j'ai besoin de prendre l'air. Voulez-vous que nous fassions un tour en auto ?

— Bien volontiers, miss, acquiesça respectueusement la gouvernante, je vais donner des ordres au chauffeur.

Un quart d'heure plus tard, les deux femmes filaient à toute allure dans la superbe cent chevaux que Fred Jorgell avait fait construire tout spécialement en France pour les promenades de sa chère Isidora.

Pendant que la jeune milliardaire cherchait ainsi dans la promenade un dérivatif à sa mortelle inquiétude, une scène violente avait lieu dans le cabinet de William Dorfan entre celui-ci et son fils, l'ingénieur Harry.

Le jeune homme s'était promis d'exposer franchement, loyalement, sans tergiversation aucune, son projet d'union. William Dorgan, très froid, le laissa parler sans l'interrompre ; mais, à peine eut-il achevé d'expliquer ses intentions sur miss Isidora, que le vieux milliardaire donna libre cours à sa colère.

Son visage se congestionna, ses poings se crispèrent, les veines de son front se gonflèrent à éclater.

— Harry, bégaya-t-il avec fureur, ton frère Joë avait raison, quand il me disait, naguère encore, de me défier de toi ! Tu trahis mes plus chères espérances, tu me déshonores, tu fais cause commune avec mes pires ennemis !...

Et comme l'ingénieur essayait de protester :

— Tais-toi, tu me déshonores ; jamais tu n'épouseras la sœur de l'assassin Baruch ! ou ce sera malgré moi !

— Mon père !

— Jamais, entends-tu, tu ne deviendras le gendre d'un homme dont ma seule pitié a empêché l'irrémédiable ruine !

Harry Dorgan faisait des efforts inouïs pour demeurer calme.

— Mon père, répliqua-t-il lentement, posément, j'épouserai miss Isidora !

— Je te le défends.

— Quoi qu'il m'en coûte, je serai obligé de vous désobéir ; miss Isidora a ma parole, et c'est de votre propre consentement même qu'autrefois...

— Quand j'ai consenti à cette union, à Jorgell-City, Baruch n'avait encore assassiné personne, je ne pouvais pas prévoir...

— Miss Isidora, qui est un exemple de vertu et de dévouement filial, ne saurait après tout être rendue responsable des crimes de son misérable frère !

— Oh ! je sais que tu as pour miss Jorgell un amour insensé ; déjà, grâce à tes ruses, j'ai sacrifié les intérêts de notre trust à ta folle passion pour la sœur du meurtrier ! Mais tu ne l'épouseras pas, je le jure !...

Harry Dorgan se taisait :

— Je te défends de me reparler de ce mariage, rugit le vieux milliardaire, je te défends de prononcer devant moi le nom de miss Isidora ! Si jamais tu l'osais, je te maudirais, je te chasserais, tu n'aurais pas un dollar de mon héritage !...

— Eh bien, soit ! s'écria l'ingénieur, furieux à son tour, je saurai me passer de vous et de vos milliards ! Mon frère Joë et ses affidés, les frères Kramm, pourront se les partager sans conteste ! A partir d'aujourd'hui, je suis résolu à ne plus vous être à charge. Je saurai me créer une fortune, et cela, sans faire de tort à personne, sans employer des moyens malhonnêtes !

— Alors je suis un malhonnête homme? s'écria le milliardaire au comble de la rage. Tu m'as insulté ! Tu es un misérable, bien digne d'entrer dans la famille de Baruch l'assassin. Va-t'en ! Que je ne te revoie jamais plus !

— Je vous en supplie, mon père !

— Pas un mot de plus. Va-t'en et emporte avec toi ma malédiction ! Ah ! ton frère Joë t'avait bien deviné, tu es un scélérat !

L'ingénieur Harry Dorgan sortit exaspéré et, en franchissant le seuil de la maison paternelle, il se jura à lui-même de n'y plus jamais rentrer. Dans la rue, il héla un cab et jeta au chauffeur l'adresse de Fred Jorgell.

Harry était encore sous le coup de la terrible scène qu'il venait d'avoir avec son père quand il pénétra dans le cabinet du milliardaire. En quelques phrases il mit celui-ci au courant des faits, ne lui cachant même pas que son projet d'union avec miss Isidora avait été la principale cause de la brouille. Fred Jorgell écouta le jeune homme jusqu'au bout dans le plus grand silence.

— Tout cela est très regrettable, mon cher Harry, dit-il enfin, mais quels sont vos projets? En quoi puis-je vous être agréable?

— Je vais vous dire très franchement, déclara l'ingénieur, que j'ai pensé trouver dans quelqu'une de vos entreprises une occupation qui m'assure l'indépendance. Quoique fils de milliardaire, je me crois capable de gagner ma vie honorablement. Je ne suis — on le sait — ni un paresseux, ni un incapable !

— Je le sais, répondit Fred Jorgell en souriant, je vous ai vu à l'œuvre et j'ai la plus favorable opinion de vos talents et de votre énergie. Votre collaboration me sera certainement précieuse.

Expéditif, comme il l'était toujours, Fred Jorgell assigna tout d'abord à l'ingénieur des appointements d'un chiffre respectable, puis il le mit au courant de la nouvelle affaire, dans laquelle il se lançait avec une ardeur toute juvénile, — le trust des cotons et maïs se trouvant désormais aux mains de William Dorgan et de Cornélius et Fritz Kramm, ses associés ; — il s'agissait d'une entreprise de navigation comprise de façon toute nouvelle. Les paquebots que Fred Jorgell avait en chantier devaient aller du Havre à New-York en moins de quatre jours.

Harry Dorgan écoutait avec une profonde attention, entrant du premier coup dans les détails du projet et entrevoyant déjà des améliorations possibles. Quand il prit congé du milliardaire, il était résolu à se mettre au travail sans perdre un instant.

L'ingénieur venait à peine de se retirer lorsque miss Isidora parut, la physionomie encore agitée par l'inquiétude.

— Devine qui je viens de quitter? fit le milliardaire presque joyeusement.

— C'est Mr. Harry Dorgan, répondit la jeune fille sans essayer de dissimuler son émotion. Je rentre d'une promenade en compagnie de mistress Mac Barlott et dans le couloir j'ai entendu la fin de votre conversation.

— Alors tu sais que Mr. Dorgan, si invraisemblable que cela puisse paraître, est maintenant un de mes collaborateurs?

— Je le sais, mais...

— Quoi? Je parie que tu meurs d'envie de me questionner.

Miss Isidora rougit sans répondre.

— Je devine ce qui te tourmente, reprit le milliardaire affectueusement ; tu voudrais savoir comment William Dorgan a accueilli le projet de mariage entre son fils et toi?

— Oui, mon père, murmura la jeune fille tremblante d'émotion.

— Je suis par principe l'ennemi de toute dissimulation et je n'ai aucune raison pour te cacher la vérité dans une affaire qui t'intéresse, en somme, plus que qui ce soit. William Dorgan a menacé son fils de sa malédiction s'il t'épousait et la discussion qui s'est élevée entre eux à ce sujet a été tellement violente qu'ils sont maintenant brouillés à mort.

Miss Isidora était devenue mortellement pâle.

— Naguère encore, poursuivit le milliardaire, sans paraître remarquer le trouble de la jeune fille, j'aurais fort mal pris un tel affront et j'aurais défendu ma porte à l'ingénieur, mais j'ai beaucoup réfléchi.

— Eh bien? demanda Isidora avec anxiété.

— Harry m'a rendu, pour l'amour de toi, de grands services dans l'affaire du trust ; je sais que tu partages son affection et je ne me reconnais pas le droit — malgré la tache sanglante que le misérable Baruch a imprimée sur notre nom — de te priver du bonheur que tu mérites.

— Ainsi donc, s'écria la jeune fille, dont

le beau visage s'illumina d'un rayonnement de joie, vous consentez à notre union?

— N'allons pas si vite en besogne, dit le milliardaire, plus ému lui-même qu'il ne voulait le paraître. Je ne me suis encore engagé à rien envers Mr. Dorgan. Je lui accorderai ta main, mais à une condition, c'est qu'il la mérite.

— Que voulez-vous dire? fit Isidora de nouveau reprise d'inquiétude.

— J'ai très bonne opinion de l'ingénieur Harry, mais je veux qu'il ait pour ainsi dire fait ses preuves ; je n'ai accepté ses services que pour être à même de l'étudier de plus près. Je te l'ai souvent répété, ma chère enfant, je n'accorderai ta main qu'à l'homme d'assez d'énergie et d'intelligence pour défendre, après moi, mes milliards.

— Je suis certaine, répliqua la jeune fille souriante et rougissante, que mon cher Harry réalisera toutes les espérances que vous avez fondées sur lui !

— Je le crois aussi, mais ne brusquons rien : ce que je viens de te dire doit demeurer jusqu'à nouvel ordre entre nous deux. N'oublie pas que je n'ai donné mon consentement à ton mariage que sous la condition expresse que Mr Dorgan me donnerait pleine satisfaction.

Câlinement, miss Isidora jeta les bras autour du cou de son père, son cœur débordait de gratitude et de bonheur ; maintenant elle était sûre que rien ne l'empêcherait de devenir la femme de l'ingénieur.

Après le départ de son père, obligé de retourner à ses chantiers de construction, Isidora remonta à sa chambre pour y relire les lettres de son fiancé et pour y savourer d'avance tout le bonheur qu'elle entrevoyait dans un proche avenir.

Après la terrible discussion qu'il avait eue avec son fils, William Dorgan avait eu un terrible accès de colère. Ce n'est que le soir qu'il avait retrouvé un peu de calme ; les reproches de l'ingénieur avaient blessé au vif son amour-propre, et il imposa plusieurs fois silence de rude façon à Joë, qui avec son hypocrisie habituelle faisait mine de prendre la défense de son frère.

— Ne me parle jamais d'Harry, lui dit-il. c'est un insolent, un orgueilleux, un ingrat et je ne veux jamais le revoir.

Mais, le lendemain, après une nuit de réflexion, le milliardaire était loin de se trouver dans d'aussi farouches dispositions. Il se rendait compte des torts qu'il avait eus lui-même envers l'ingénieur et, sans lui donner raison pour cela, il en arrivait à regretter la scène de la veille.

Tout le reste de la journée, William Dorgan fut inquiet, agité ; en lui-même il en arrivait à plaider à ses propres yeux la cause de l'absent, et il commençait à déplorer le mouvement de vivacité irréfléchie qui l'avait porté à le chasser du toit paternel.

— Je me suis montré aussi jeune, aussi coléreux et aussi têtu que lui, songeait-il. Harry est pourtant au fond, je le sais, très loyal et très bon...

Le milliardaire, quand il n'était pas sous l'influence immédiate de l'hypocrite Joë, avait pour l'ingénieur Harry une affection très réelle. Il se demandait maintenant ce qu'allait devenir le jeune homme, et il songeait aux moqueries des autres milliardaires, quand ils connaîtraient la brouille survenue entre le père et le fils. Vingt fois William Dorgan fut sur le point de donner des ordres pour envoyer à la recherche du fugitif, vingt fois l'amour-propre le retint. Il allait sans doute triompher de cette mauvaise honte, lorsque Joë — ou plutôt celui qu'il prenait pour tel — pénétra dans son cabinet, un sourire gouailleur aux lèvres.

— J'ai réfléchi, dit le vieillard avec un peu d'hésitation, ne te semble-t-il pas, comme à moi, que je me suis montré un peu dur envers ton frère? Je serais désolé que, pour une minute d'emportement, il se trouvât réduit à gagner son pain de quelque manière indigne de lui et de moi.

Joë eut un sourire méphistophélique.

— Vous voyez bien, mon père, ricana-t-il, qu'hier c'était moi qui étais dans le vrai, en vous prêchant l'indulgence.

— Ma foi, j'en conviens...

— Seulement, poursuivit Joë de sa voix ironique et mordante, soyez sûr que mon frère Harry n'est pas en peine de savoir comment se débrouiller ; il a eu vite fait de retrouver une situation.

— Tu as des nouvelles? demanda précipitamment le milliardaire.

— De toutes fraîches. Je quitte à l'instant notre excellent ami le docteur Cornélius Kramm, qui m'a complètement renseigné.

— Eh bien?

— Harry, comme il fallait s'y attendre, a trouvé asile chez notre ennemi, je veux dire chez le père de la charmante miss Isidora. Je comprends que l'ex-fiancé ait été accueilli à bras ouverts ; une jeune fille dont le frère est un assassin notoire ne trouve pas toujours aisément à se marier...

William Dorgan avait changé de couleur : toute sa colère lui était revenue, il asséna sur la tablette de son bureau un formidable coup de poing.

— C'est trop fort ! s'écria-t-il. Aller se réfugier chez Fred Jorgell dont, sans doute, il épousera la fille ! Ce malheureux Harry nous déshonore !...

— Vous voyez, insista perfidement Joë, que vous aviez grand tort de vous faire des inquiétudes au sujet de mon frère ! Je vous ai toujours dit qu'il était d'accord avec Mr. Jorgell. Rappelez-vous sa conduite dans l'affaire du trust...

William Dorgan ne l'écoutait plus, il arpentait furieusement son cabinet de long en large, un monde de pensées contradictoires se pressaient dans sa cervelle surchauffée. Joë le suivait des yeux, bien persuadé que, cette fois, la brouille entre le père et le fils était irrémédiable.

Mais tout à coup un brusque revirement se fit dans l'esprit du milliardaire, il s'arrêta net, devenu subitement calme et dit à Joë stupéfait :

— Evidemment Harry a eu tort, mais il a jusqu'à un certain point une excuse, il est amoureux. Je ne lui donne pas raison, mais d'un autre côté je ne veux pas qu'il soit dit que mon fils ait eu besoin pour vivre de recourir à la charité d'un de mes ennemis...

Joë était exaspéré.

— Alors vous allez céder ! s'écria-t-il ; ce serait la dernière des faiblesses, ce serait même agir contre le véritable intérêt de mon frère dont l'orgueil a besoin d'être sévèrement châtié. En faisant le premier des avances, vous vous rendez ridicule ! Laissez-le donc où il est, vous verrez qu'il sera le premier à revenir, humble et repentant ; je le connais assez pour savoir qu'il a trop peur d'être déshérité pour se brouiller complètement avec vous.

— Ma décision est prise, répliqua froidement William Dorgan, rien ne la modifiera.

Joë vit que ses insinuations perfides seraient complètement inutiles et n'insista pas.

— Puisqu'il en est ainsi, dit-il, je vais me mettre à la recherche de mon frère et lui apporter vos excuses.

— Je n'ai pas dit cela, répliqua le milliardaire avec impatience. Voici ce que tu as à faire tout simplement : retrouver Harry, lui remettre de ma part un chèque de quatre cents dollars et lui dire qu'il recevra tous les mois pareille somme. Tu tâcheras enfin de lui faire comprendre que je ne lui en veux pas et que je ne demande qu'à me laisser fléchir. Je suis persuadé que Harry sera touché de mon procédé généreux.

— Je vais suivre vos instructions de point en point, murmura Joë avec un mauvais sourire. Espérons que le résultat sera conforme à votre désir. Je vais, sans perdre un instant, me mettre à la recherche de mon frère.

Ces recherches, disons-le, ne furent pas longues. En sa qualité de lord de la Main Rouge, Joë avait à sa disposition des espions qui, depuis longtemps, surveillaient jalousement toutes les démarches de l'ingénieur. Joë Dorgan connaissait déjà l'adresse de l'appartement meublé que Harry avait loué à peu de distance du palais de Fred Jorgell.

Ce fut Harry lui-même qui vint ouvrir la porte à son frère. Dès le seuil, tous deux échangèrent un regard chargé de haine.

— Que désirez-vous? demanda l'ingénieur. Que venez-vous faire ici?

— Ce n'est pas pour mon propre compte que j'y viens, répliqua Joë avec un sourire goguenard, je suis envoyé par notre père.

— Mon père m'a chassé de sa demeure, nous n'avons plus rien de commun, à moins toutefois, ajouta-t-il d'un ton radouci, qu'il ne veuille bien reconnaître qu'il a été un peu loin dans sa colère. Je conviens moi-même que je me suis laissé emporter...

Joë eut un ricanement sinistre.

— Ha, ha ! fit-il, vous êtes bien naïf si vous vous figurez que je viens pour tenter une réconciliation. Vous commencez à regretter votre insolente conduite, et vous vous apercevez, mais un peu tard, que vous avez fait une sottise. Mon père n'a nullement changé d'avis à votre sujet.

— Alors que me voulez-vous? répliqua l'ingénieur qui sentait la colère l'envahir.

— Patience. Mon père vous a chassé, mais comme il ne tient pas à vous voir mendier par les rues de New-York, il m'a chargé de vous apporter une aumône, un petit secours qui vous sera renouvelé mensuellement.

Joë tendait à Harry le chèque dont il s'était muni.

— Sachez, s'écria l'ingénieur à demi suffoqué par l'indignation et par la fureur, que je n'ai besoin pour vivre, ni de vos aumônes, ni de celles de mon père. Allez-vous-en ! Je vous renie pour mon frère. Sortez, ou je serais capable de faire un malheur !

Harry d'un geste brutal avait déchiré le chèque que lui tendait Joë du bout des doigts et en avait piétiné les fragments, puis d'une brusque poussée, il bouscula son frère et le força à battre en retraite sur le palier.

Joë, dont toutes les paroles étaient calculées pour exaspérer son interlocuteur, conservait un sang-froid absolu.

— De mieux en mieux, ricana-t-il, je vais rendre compte à mon père de la façon aimable et de l'exquise politesse avec laquelle vous accueillez ses libéralités. Je vous préviens, par exemple, que c'est la dernière fois que je tente près de vous une semblable démarche. Un jour viendra, je vous le prédis, où vous vous mordrez les doigts de votre arrogance !...

— Allez-vous-en ! ma patience est à bout, cria l'ingénieur au comble de l'exaspération. Allez au diable ! Vous n'êtes pas mon frère !...

A ce cri jailli des lèvres d'Harry, sans qu'il se rendit bien compte lui-même du sens de ses paroles, Joë était devenu blême.

— C'est bon, grommela-t-il entre ses dents, je m'en vais, mais nous nous retrouverons, vous me payerez cher toutes ces injures.

Il descendit précipitamment l'escalier et regagna l'auto qui l'attendait devant la porte.

— Je ne suis pas son frère, se répétait-il anxieusement, qu'a-t-il voulu dire par là? Harry soupçonnerait la diabolique métamorphose qui, grâce au génial sculpteur de chair humaine, a fait de l'assassin Baruch Jorgell le milliardaire Joë Dorgan? Ah ! si je croyais qu'il eût le plus faible pressentiment de la vérité, il n'aurait pas longtemps à vivre.

Le bandit finit par se rassurer en réfléchissant que si Harry Dorgan avait eu entre les mains une arme si terrible, il y a longtemps qu'il en eût fait usage, mais il demeura songeur. Il n'aimait pas à supposer, même pour un instant, que sa vraie personnalité pût jamais être découverte.

En descendant d'auto, il trouva William Dorgan qui l'attendait dans le petit salon du rez-de-chaussée.

— Eh bien ! demanda le vieillard avec anxiété, as-tu retrouvé ton frère ?

— Très facilement, il n'y avait pour cela qu'à chercher dans les environs du palais de Fred Jorgell et c'est ce que j'ai fait.

— Tu l'as vu ? Tu lui as remis le chèque ?

Joë prit une mine contrite.

— Il m'en coûte de vous affliger, dit-il, mais mon frère m'a accablé d'insultes, il a déchiré devant moi le chèque que vous lui adressiez, et il m'a jeté à la porte en hurlant comme un forcené qu'il n'avait besoin ni de vous, ni de personne. Je ne m'étais pas trompé, Harry est désormais perdu pour nous.

William Dorgan demeura quelque temps plongé dans un silence plein d'accablement. Joë jugea convenable de lui prodiguer des consolations hypocrites.

— Ne vous désolez pas, mon père, murmura-t-il, Harry est en ce moment plein d'arrogance, parce qu'ils se sent soutenu par Fred Jorgell, mais il y a gros à parier que ce dernier n'a accueilli mon frère que pour vous vexer. Quand il saura qu'Harry n'a plus à compter sur votre héritage, il aura vite fait de le jeter à la porte ; alors le fugitif reviendra vers nous humble et repentant, et je suis sûr que vous aurez encore la faiblesse de lui pardonner.

William Dorgan ne répondit à cette exhortation que par un profond soupir ; le départ de son cher Harry l'atteignait en plein cœur.

En dépit de tous les efforts de Joë, de longues semaines se passèrent sans que le milliardaire se consolât de l'absence de son fils ; il lui écrivit même deux fois en cachette, en lui promettant un pardon complet s'il consentait à revenir. Malheureusement les lettres furent interceptées par Joë, dont la diabolique vigilance ne se relâchait pas un instant. Voyant que son fils ne daignait même pas répondre à ses affectueuses missives, William Dorgan sentit renaître ses préventions et s'efforça de bannir pour toujours le fils ingrat de son souvenir ; il lui garda d'autant plus de rancune qu'il avait eu plus de chagrin de sa fuite.

Le milliardaire aurait été singulièrement étonné s'il avait pu savoir que l'ingénieur Harry Dorgan regrettait amèrement d'être brouillé avec lui et se reprochait chaque jour sa violence et son manque de respect envers son père. S'il l'eût osé, le jeune homme eût essayé un raccommodement ; ce qui l'en éloignait, c'était la pensée de se retrouver en rapports avec Joë ; il avait compris une fois pour toutes que son frère et lui ne s'entendraient jamais, et il ne pouvait s'empêcher de haïr l'hypocrite auquel il attribuait, non sans raison, tous ses ennuis.

D'ailleurs, Fred Jorgell était enchanté des services de son nouvel ingénieur et il le traitait déjà, en maintes circonstances, comme s'il eût été son propre fils.

La compagnie des paquebots Eclair, c'était le nom que Fred Jorgell avait donné à son entreprise de navigation, était en pleine prospérité. A demi ruiné par la liquidation du trust des cotons et maïs, sa spéculation triomphait de nouveau. Les steamers à grande vitesse qu'il avait lancés faisaient, comme il l'avait annoncé, le trajet du Havre à New-York en moins de quatre jours. Les passagers de luxe les avaient adoptés et y retenaient leurs cabines bien longtemps à l'avance.

Comment Fred Jorgell était-il arrivé à cette abréviation presque incroyable du temps de parcours ? Tout simplement en diminuant le poids des navires dans des proportions considérables, en même temps qu'il usait de machines beaucoup plus puissantes, tout en accordant beaucoup moins de place au combustible.

Avec l'aide de l'ingénieur Dorgan, le milliardaire avait résolu ce triple problème, en remplaçant, dans la construction des coques, l'acier ordinairement employé par un alliage extra-solide et léger de nickel et d'aluminium ; il avait renoncé au charbon et n'employait pour ses machines que du pétrole ou de l'huile de naphte, combustible beaucoup moins encombrant et qui permettait l'emploi de générateurs beaucoup plus vastes.

Joë prenait un haineux plaisir à tenir chaque jour William Dorgan au courant de tous ces faits et à aiguillonner sa rancune endormie.

— Savez-vous, mon père, ce qui va se passer ? lui disait-il. Pourvu que ce succès aille en augmentant, Fred Jorgell ne tardera pas à *truster les compagnies de navigation*, et alors nous serons obligés de nous soumettre à ses tarifs pour le transport de nos maïs et de nos cotons. La lutte recommencera entre nous plus vive et plus acharnée qu'autrefois, car vous aurez devant vous, comme adversaire, votre fils qui vous déteste, qui vous abandonne et qui vous a trahi.

— En quoi Harry m'a-t-il trahi ? demanda timidement le milliardaire.

— Vous me le demandez ? Mais s'il n'avait pas, en mon absence, intercédé pour Fred Jorgell dans l'affaire du trust, nous en aurions fini depuis longtemps avec ce redoutable adversaire. J'avais raison, cette fois encore, en vous conseillant de ne pas céder. Vous vous en apercevez maintenant.

Un matin, Joë se présenta devant son père le visage illuminé d'une joie mauvaise. Il brandissait un numéro du *Herald*.

— Eh bien ! cria-t-il, dès qu'il aperçut le milliardaire, c'est complet ! Mes prévisions les plus pessimistes se réalisent. Harry époute dans un mois miss Isidora Jorgell. La nouvelle est officielle. D'ici peu, vous aurez le bonheur d'être le beau-père de la sœur de l'assassin Baruch !

— Mais es-tu bien sûr de ce que tu avances ? demanda le vieillard avec tristesse.

— Il n'est bruit que de ce mariage dans New-York, tous les journaux en parlent et publient les portraits des futurs époux. Voyez plutôt !

William Dorgan ne répondit pas, ce dernier coup l'atteignait en plein cœur.

L'information, d'ailleurs, était parfaitement exacte, le mariage de miss Isidora et de Harry Dorgan était une chose décidée.

Quelques jours avant que la nouvelle n'éclatât dans le public, Fred Jorgell avait fait venir l'ingénieur Harry dans son cabinet et lui avait dit simplement :

— Mon cher Harry, vous remplacez près de moi le fils que j'ai perdu ; vous m'avez prouvé et au delà que vous étiez capable de conserver et même d'augmenter une fortune aussi considérable que la mienne. Je n'ai plus aucune raison de retarder votre mariage avec Isidora, qui, je le sais, vous aime autant que vous l'aimez.

Trop ému pour répondre comme il l'eût voulu, assurer Fred Jorgell de son dévouement et de son énergie, Harry Dorgan serra la main que lui tendait le milliardaire.

Le jour même, les fiançailles des deux jeunes gens furent solennellement célébrées dans un banquet splendide, auquel assistaient le poète Agénor, l'intendant Paddock et mistress Mac Barlott, embellie et comme rajeunie elle-même par le bonheur de sa jeune maîtresse.

Dans l'hospitalière demeure de Fred Jorgell, Agénor avait enfin trouvé le repos et la sécurité. Une seule chose faisait ombre à son bonheur, la mort de son ami et de son bienfaiteur lord Burydan, dont il ne parvenait pas à se consoler.

DEUXIÈME PARTIE

LES CHEVALIERS DU CHLOROFORME

CHAPITRE PREMIER

LES BANDITS DU QUARTIER CHINOIS

Bien que le Grizzly-Club eût installé ses locaux au trente-deuxième et dernier étage d'un « gratte-ciel » tout récemment édifié, ceux qui en faisaient partie avaient la jouissance d'un magnifique parc que l'on eût pu, à certains égards, comparer aux jardins suspendus de Babylone, construits par la reine Sémiramis. Ce parc avait été, en effet, installé sur le toit même, disposé en terrasse et recouvert d'une épaisse couche de bitume.

Pendant des semaines les ascenseurs avaient hissé des caisses pleines de terre végétale. Enfin, à force d'argent et de patience, d'ombreux bosquets s'épanouissaient maintenant au-dessus des pelouses d'un vert tendre que séparaient des allées sablées. Une source vive fuyait en serpentant à travers les gazons d'où s'élevaient des massifs de rhododendrons, de camélias et d'orangers.

Dans ce jardin, magiquement éclos au faîte du monstrueux édifice de briques et d'acier, il régnait, même aux plus brûlantes journées de la canicule, une exquise fraîcheur. Nonchalamment étendus dans leurs rockings-chairs, ou vautrés dans des fauteuils de rotin colorié, les membres du club pouvaient, dans l'encadrement verdoyant des feuillages, admirer le vaste panorama de la baie de New-York, les gigantesques édifices de la ville, l'Hudson couvert de navires et la grandiose statue de la Liberté dont le flambeau s'allume au crépuscule.

Mais c'était surtout le soir, quand les massifs s'éclairaient de milliers de petites lampes électriques bleues et vertes, que le parc du Grizzly-Club présentait un aspect féerique ; accoudés aux balustrades de marbre, les clubmen pouvaient alors admirer les titaniques amoncellements d'édifices dont les silhouettes se détachaient sur un fond de lumière crue, tandis qu'au *loin*, les vagues de l'immense Atlantique étincelaient doucement aux rayons de la lune, et que l'innombrable flotte ancrée près du rivage balançait, au gré de la brise nocturne, la forêt des mâtures illuminée de fanaux multicolores.

Aux attraits de ce panorama unique au monde s'ajoutaient d'autres tentations moins poétiques. Des barmen, vêtus de blanc et graves comme des diplomates, faisaient circuler, sur des plateaux d'argent au chiffre du club, toute la redoutable pharmacie des boissons américaines, les *mint-julep* parfumés comme un bouquet de fleurs sauvages, le traîtreux *milk-mother* (lait maternel), le *prairy-oister* (huître de prairie), providence des ivrognes, et l'infaillible et définitif *night-cap* (bonnet de nuit).

Tel était l'endroit que fréquentait de temps en temps le milliardaire Fred Jorgell, directeur de la Compagnie des paquebots-éclair.

Ce soir-là, il s'y était rendu en compagnie de son secrétaire particulier, un Français célèbre dans son pays comme poète, et qui, après de nombreuses aventures, avait fini par attacher définitivement sa fortune à celle du milliardaire.

Fred Jorgell avait dans Agénor Marmousier la plus entière confiance et il le traitait beaucoup plus en ami qu'en employé.

Tous deux s'étaient installés sous un magnolia, en face d'un petit guéridon de marbre et, tout en savourant une coupe d'extra-dry, faisaient une partie de damier. Ce jeu méditatif était le seul auquel le milliardaire se fût jamais livré ; il trouvait dans ses combinaisons simplistes un dérivatif aux fatigants calculs que nécessitaient ses spéculations.

D'ailleurs, Fred Jorgell et le poète étaient d'égale force et arrivaient quelquefois à prolonger une seule partie pendant une durée presque indéfinie.

Ils jouaient déjà depuis près d'une heure, tout en savourant la beauté de cette tiède soirée, lorsqu'une soudaine agitation se manifesta parmi les clubmen installés çà et là sous les ombrages du parc.

Fiévreusement, ils se passaient de main en main un numéro d'un journal du soir.

— Qu'y a-t-il donc ? demanda Fred Jorgell à l'un des barmen accouru à l'appel du timbre électrique.

— Sir, c'est encore un nouvel exploit des chevaliers du chloroforme.

Le milliardaire ne put s'empêcher de tressaillir.

— Vous pouvez me procurer la feuille ? dit-il au barman.

— A l'instant même, sir.

Il revint bientôt après avec un numéro du *Night*. Le poète s'en empara et lut à haute voix le fait divers qui causait tant d'émotion aux membres du Grizzly-Club :

Une hôtelière assassinée.

« Au moment où nous mettons sous presse, nous apprenons qu'un assassinat vient d'être commis dans de mystérieuses circonstances sur la personne de l'honorable mistress Griffton, qui, depuis plus de dix années, dirigeait un family-house installé au n° 93 de la trentième avenue.

« Après avoir, comme chaque soir, pris le thé en compagnie de ses pensionnaires dont elle était très estimée, mistress Griffton, qui était d'origine écossaise, alla chercher dans sa chambre quelques cartes postales représentant des vues d'Edimbourg, qu'elle voulait montrer à une amie. Comme elle ne redescendait pas, ses pensionnaires craignirent qu'il ne lui fût arrivé quelque accident et se décidèrent à aller voir ce qu'elle devenait. Avant longtemps frappé sans obtenir de réponse, ils enfoncèrent la porte et c'est alors qu'un horrible spectacle s'offrit à eux.

« Mistress Griffton était étendue tout habillée sur son lit, le visage couvert d'un masque de caoutchouc, et ne donnait plus signe de vie. L'écœurante odeur de chloroforme qui remplissait la pièce ne laisse subsister aucun doute sur la façon dont le crime a été commis. Le célèbre docteur Cornélius Kramm, dont la demeure n'est pas éloignée, fut appelé en toute hâte, mais ses soins furent inutiles ; il ne put que constater le décès.

« Cette affaire présente bien des côtés mystérieux et ce n'est pas de sitôt, sans doute, que la police new-yorkaise mettra la main sur les coupables. Le corps de la victime ne portait aucune trace de lutte ou de violence ; personne n'a entendu entrer ou sortir l'assassin et ne peut fournir le moindre renseignement sur son compte ; enfin les meubles de la chambre n'ont pas été fracturés et aucun objet précieux ne semble avoir été dérobé. Policiers et magistrats se perdent en conjectures sur les mobiles de cet audacieux assassinat.

« Une seule hypothèse, à notre avis, serait vraisemblable. Nos lecteurs se souviennent que c'est dans l'établissement dirigé par mistress Griffton que fut arrêté le célèbre assassin Baruch Jorgell (1), que l'on a longtemps supposé appartenir à l'association de la Main Rouge ; il n'y aurait, selon nous, rien d'extraordinaire à ce que la mort de l'honorable mistress fût une vengeance de la redoutable société secrète.

« Ce meurtre au chloroforme est le troisième commis depuis un mois ; la population de notre capitale est terrorisée ; elle désigne déjà sous le nom de *chevaliers du chloroforme* les membres de cette bande mystérieuse, dont aucun n'a encore pu être capturé.

« Rappelons, en terminant, que Baruch Jorgell, en ce moment interné dans un asile d'aliénés, est le fils du milliardaire bien connu et le frère de la charmante miss Isidora, dont nous avons publié le portrait il y a quelques jours et qui doit prochainement épouser le distingué ingénieur, Harry Dorgan. »

Pour ne pas froisser Fred Jorgell, Agénor avait sauté le dernier paragraphe, mais le milliardaire lut par-dessus l'épaule du poète et dévora l'affront jusqu'au bout.

Son visage devint d'une pâleur livide, ses mains tremblèrent ; il froissa violemment le numéro du journal et le jeta à terre.

— On parlera donc toujours de ce misérable Baruch, s'écria-t-il avec désespoir. Pourvu qu'Isidora et Harry ne voient pas cela ; ils en auraient le cœur transpercé !

— Mr. Dorgan est tellement occupé en ce moment qu'il n'a guère le temps de lire, et je m'arrangerai de façon à ce que miss Isidora ne trouve pas ce malencontreux journal, ou d'autres semblables.

— Merci, répondit tristement le milliardaire, je compte sur vous, n'est-ce pas ?...

Il y eut quelques minutes d'un pénible silence.

(1) Voir : *Le Sculpteur de chair humaine*, volume 6 de la collection des « Romans pour tous ».

— Continuons-nous notre partie? demanda enfin Agénor.

— Non, je n'ai plus l'esprit au jeu ; ce maudit fait divers m'a gâté ma soirée... D'ailleurs il est tard.

— Minuit et quelques minutes.

— Voulez-vous que nous rentrions?

— Comme il vous plaira.

Une minute plus tard, ils prenaient place dans l'ascenseur électrique qui venait aboutir au centre même du parc aérien et qui les déposa à quelques pas du coupé électrique du milliardaire.

Le chauffeur, respectueusement, ouvrit la portière, mais Fred Jorgell le congédia d'un geste.

— Il fait si beau ce soir, dit-il, que je préfère rentrer à pied, cela dissipera mon mal de tête ; à moins toutefois que Mr. Agénor ne préfère revenir en voiture.

— Nullement, répliqua le poète avec sa courtoisie ordinaire, je vous accompagnerai.

Tous deux se mirent en chemin d'un pas tranquille et suivirent une large avenue où la foule des noctambules se faisait déjà clairsemée.

Ils n'avaient pas marché depuis un quart d'heure qu'Agénor, en se retournant, crut apercevoir des ombres suspectes.

— Il me semble, dit-il au milliardaire, que nous sommes suivis.

Fred Jorgell haussa les épaules en souriant.

— Vous avez probablement raison, expliqua-t-il, il est bien rare que je n'aie pas quelques espions à mes trousses, mais j'y suis tellement habitué que je n'y fais plus aucune attention.

— Des espions?

— Parfaitement. Je n'ignore pas que mes adversaires financiers font surveiller tous mes faits et gestes par des agences spéciales. J'avoue, d'ailleurs, que j'agis de même pour certains d'entre eux. William Dorgan et son fils Joë, par exemple. De plus, comme c'est l'usage pour nous autres milliardaires, je verse chaque année, à la police de New-York, une certaine quantité de dollars pour être spécialement protégé. Enfin, quant aux malfaiteurs de profession, aux spécialistes de l'attaque nocturne, je n'en ai pas peur. Je suis un homme d'action, moi, et je me suis souvent frayé un chemin dans la vie à coups de browning et même à coups de poing !...

Comme on le voit, une pointe de fatuité se mêlait à la bravoure bien réelle du milliardaire. Agénor ne put s'empêcher de sourire.

Tous deux continuèrent leur route en causant de choses et d'autres. Fred Jorgell semblait avoir complètement oublié le mouvement de mauvaise humeur qu'il avait eu en lisant l'article du *Night*. Cependant, il n'en était rien.

Tout à coup un camelot s'élança d'une rue déserte et traversa l'avenue en criant :

— Demandez la quinzième édition du *Night !* Demandez son curieux numéro... Nouveaux détails sur l'assassinat de mistress Griffton !...

— Par ici ! par ici ! cria le milliardaire.

Mais l'homme n'avait pas entendu et s'éloignait rapidement.

— Soyez donc assez aimable pour courir après lui, mon cher Agénor, et tâchez de le rattraper. J'ai beau faire, ce crime m'intéresse. Je vais suivre tout doucement l'avenue, vous n'aurez pas de peine à me rejoindre.

Le poète se lança à la poursuite du crieur de journaux et s'engagea à sa suite dans une ruelle mal éclairée.

Mais il eut à peine le temps de faire quelques pas de plus. Sans qu'il eût vu personne, un masque se posa sur son visage et il roula à terre, foudroyé, sans avoir pu pousser un cri.

L'assassin, une sorte d'hercule à longue barbe, se pencha ensuite vers le corps de sa victime et, avec une sûreté de main qui dénotait une longue habitude, il lui planta son poignard dans le cœur, enleva le masque et disparut, non sans s'être emparé d'un portefeuille.

Cette scène d'horreur s'était passée avec la rapidité de l'éclair. Quelques secondes avaient suffi pour faire du joyeux, de l'intelligent et loyal poète un cadavre anonyme, abandonné, au pied d'une borne, le front dans le ruisseau, dans une venelle déserte.

Fred Jorgell, cependant, continuait lentement sa route ; mais, quand au bout d'un quart d'heure il ne vit pas revenir son compagnon, il commença à s'inquiéter, et brusquement, revint sur ses pas.

— Je suis stupide aussi, murmura-t-il, d'avoir chargé Agénor d'une pareille commission ! Stupide aussi de n'être pas revenu en auto !... Je serais déjà de retour chez moi et j'aurais envoyé un domestique me chercher tous les journaux du soir !...

Le milliardaire revint jusqu'à l'endroit où Agénor l'avait quitté et, à son tour, il s'engagea dans le lacis des petites rues adjacentes. A mesure qu'il avançait, il constatait que ce quartier lui était inconnu et que toutes choses y possédaient un caractère étrange.

Des lanternes de papier se balançaient au-dessus d'échoppes bariolées de couleurs vives, des chiens sans queue et de gros rats, occupés à fouiller les tas d'immondices, fuyaient dans toutes les directions, et les maisons offraient un aspect sordide, lépreux, que Fred Jorgell n'avait jamais vu autre part qu'en Orient. D'ailleurs, toutes les boutiques étaient closes, c'est à peine si, de loin en loin, un rais de lumière filtrait du soupirail d'une cave ou de l'interstice de volets mal clos.

En passant devant une allée obscure au fond de laquelle scintillait la lueur rougeâtre d'un lampion fumeux, Fred Jorgell se sentit pris aux narines par une odeur âcre, nauséeuse et bizarre. C'était comme un parfum puissant qui eût senti très mauvais. Il connaissait cette puanteur qui signale au loin les bouges où se débite le poison noir.

— L'opium, murmura-t-il avec un geste de dégoût, cela pue l'opium, je suis dans le quartier chinois...

Cependant, il ne retrouvait nulles traces d'Agénor et il commençait à être sérieusement inquiet. Il explora sans résultat tout un pâté de bâtisses branlantes, suant la crasse et la misère. Agénor demeurait introuvable.

— Il faut, songea le milliardaire, que ce diable de Français ait appris quelque nouvelle qui nécessitât une décision rapide. Il s'est peut-être rendu aux bureaux de quelque journal, sans m'en prévenir, afin de mettre un terme aux insultants articles que l'on publie sur mon compte... Je vais sans doute le retrouver en rentrant...

Après trois quarts d'heure d'inutiles recherches, Fred Jorgell se décida à regagner son hôtel, très mécontent et, au fond, plus alarmé qu'il ne voulait se l'avouer à lui-même, de la disparition de son secrétaire.

Il revint donc dans la direction de l'avenue qu'il avait quittée, enfilant au petit bonheur les rues et les venelles ; mais il ne tarda pas à s'apercevoir qu'il n'était pas dans la bonne voie : plus il marchait, plus le quartier devenait sombre, empuanti et hideux.

— Je crois, by Jove ! grommela-t-il, que je me suis égaré ! Ce quartier chinois est comme un labyrinthe d'où il me semble que je ne sortirai jamais. Bah ! le plus simple est de marcher en droite ligne, je finirai bien par arriver à une avenue où je trouverai une station de cabs et des policemen pour me renseigner.

Après s'être assuré, à deux reprises différentes, que personne ne le suivait et avoir constaté que son browning se trouvait bien à portée de sa main dans la poche de son pardessus, il se remit en marche d'un pas élastique et cadencé. Fred Jorgell n'avait nullement peur, il était seulement furieux d'avoir perdu tant de temps et vexé de s'être égaré comme un simple « cockney » fraîchement arrivé par le paquebot.

Il eût été beaucoup moins rassuré s'il eût aperçu un malandrin de taille gigantesque qui s'attachait obstinément à ses pas, rampant le long des façades muettes, se dérobant dans les angles sombres où il demeurait immobile chaque fois que le milliardaire se retournait. Ce suiveur acharné était le même bandit qui venait d'assassiner le malheureux Agénor.

Fred Jorgell, dont la mauvaise humeur allait croissant, commençait à ressentir une certaine fatigue de cette longue marche par des ruelles mal pavées, lorsqu'il parvint à l'entrée d'une rue où brillaient les devantures encore éclairées de quelques bars ouverts toute la nuit.

Des gens en guenilles allaient et venaient sur le trottoir ou se bousculaient à la porte des assommoirs.

— Enfin, s'écria le milliardaire, me voici dans un quartier plus civilisé ! Je vais donc pouvoir trouver quelqu'un qui me renseigne.

Il pressa joyeusement le pas et entra délibérément dans le premier bar qu'il rencontra et se commanda un verre de whisky.

Un grand silence s'était fait, à son entrée, dans le clan des miséreux rangés autour du comptoir ou juchés sur de hauts tabourets. Tous contemplaient avec des prunelles luisantes cet étranger si bien mis qui ne craignait pas de s'aventurer à pareille heure dans un tel endroit. Mais Fred Jorgell avait l'air si calme, si sûr de lui, si parfaitement à l'aise dans cette atmosphère empestée de tabac et d'alcool, qu'on le prit pour quelque haut dignitaire de la police. Personne ne bougea et les conversations reprirent leur cours, comme avant son arrivée.

Sans même tremper ses lèvres dans la nauséabonde liqueur qu'on venait de lui servir, il demanda d'une voix tranquille le chemin le plus court pour atteindre la 10e avenue ; un hercule barbu qui venait d'entrer dans le bar presque immédiatement après lui le renseigna fort obligeamment.

Il paya, sortit sans qu'aucun incident fâcheux se fût produit, et il se remit en route, impatient d'en avoir fini avec cette excursion forcée dans un quartier malodorant.

Il ne tarda pas à s'apercevoir que, dans la rue où il s'était engagé, sur les indications de l'homme à la longue barbe, tous les becs de gaz avaient été cassés à coups de pierre ; il régnait une obscurité profonde, mais il n'accorda que peu d'importance à ce détail qui n'avait rien que de très ordinaire dans un tel quartier.

Arrivé au milieu de la rue, il se retourna et s'aperçut alors qu'il était suivi par l'homme qui, précisément, venait de le renseigner et qui ne se donnait même pas la peine de se cacher.

— Ce drôle suit peut-être, après tout, le même chemin que moi, se dit le milliardaire.

Et il continua à marcher, mais plus lentement et la main sur la crosse de son browning. Mais tout à coup, il poussa une exclamation de fureur et de désappointement. La voie qu'on lui avait donnée pour une rue et que, naïvement, il avait prise pour telle, se terminait en cul-de-sac.

— By God ! gronda-t-il, ces chenapans m'ont pris comme un rat dans une ratière !.. Mais nous allons bien voir !...

Il fit brusquement volte-face, le browning au poing.

Le géant à la longue barbe, planté au milieu de la rue, lui barrait le passage, tenant en main la lame nue d'une bowie-knife presque aussi long qu'un de ces immenses coutelas qui servent à dépecer les baleines. Un autre bandit, surgi on ne sait d'où, se tenait derrière le premier, prêt à venir à la rescousse.

Fred Jorgell, heureusement, n'était pas novice en de pareilles aventures ; il ne perdit pas une seconde son imperturbable sang-froid, et, d'un geste sûr et précis, sans attendre qu'on l'attaquât, il leva son browning, visa et tira.

Le géant barbu roula sur le pavé en hurlant, la jambe cassée net.

— J'ai tiré trop bas, murmura froidement le milliardaire.

Il chercha des yeux le second bandit ; il avait disparu.

— Ces coquins sont d'une lâcheté singulière, dit en souriant Fred Jorgell. Sitôt qu'on leur tient tête, plus personne !

Sans autre émotion, il se disposait à continuer sa route, quand une poigne vigoureuse le saisit par derrière et lui serra le cou jusqu'à l'étrangler.

— Tue-le ! cria d'une voix rauque l'homme tombé à terre, tu sais que c'est l'ordre des Lords.

— Hurrah pour la Main Rouge ! répliqua le second avec enthousiasme.

En même temps, il porta à Fred Jorgell un furieux coup de poignard, heureusement amorti par le carnet de chèques que le milliardaire portait habituellement dans la poche intérieure de son veston.

D'un élan désespéré, le milliardaire se dégagea, et à demi étranglé, le sang aux yeux, fit feu trois fois de suite.

— Tue-le donc ! répéta, cette fois sur un mode presque menaçant, la voix du blessé.

Au même moment, Fred Jorgell, renversé par un terrible coup de tête dans l'estomac, roulait à terre et laissait échapper son browning. Il était perdu.

— Coupe-lui la gorge, c'est le *mieux* ! dit encore le blessé qui était parvenu à se dresser sur son séant et qui paraissait le chef de l'expédition.

Fred Jorgell ne se sentait plus une goutte de sang dans les veines ; l'assassin lui avait mis le genou sur la poitrine, c'en était fait de lui.

Il vit briller devant ses yeux un éclair d'acier ; la lame du poignard fut un instant arrêtée par l'épaisseur du col qui, selon la mode de cette année-là, était très haut et fermé, le tranchant grinça contre le gros diamant qui ornait l'épingle de cravate.

En cette seconde, le milliardaire avait vécu un siècle d'angoisses.

Le blessé, malgré sa jambe cassée, se rapprochait en rampant.

— Dépêche-toi donc ! hurlait-il. Va-t-il falloir que ce soit moi qui le tue !... Les policemen vont venir !... Les fenêtres s'ouvrent !... Et je perds mon sang ; ma jambe me fait souffrir comme un damné !...

— Mais, monsieur Slugh, balbutia l'autre, je me dépêche...

Il ne put en dire davantage.

Un quatrième personnage, brusquement sorti d'une allée obscure, venait de lui fracasser le crâne d'un coup de gourdin. Il tomba comme une masse sur le corps de Fred Jorgell, deux ruisseaux de sang aux narines.

Le nouveau venu était petit, contrefait, et légèrement bossu ; il était bizarrement vêtu d'une vieille vareuse de matelot et d'une casquette de jockey, orange et verte. Il s'empressa aussitôt d'aider Fred Jorgell à se relever.

— Eh bien, sir, lui dit-il en mauvais anglais, j'espère que vous n'êtes pas tout à fait mort et que je suis arrivé à temps ?

— Très à temps, répondit le milliardaire, qui respirait maintenant à pleins poumons.

— Vous n'êtes pas blessé ?

— Non, j'ai seulement le cou entamé un peu par le couteau de ce coquin, puis j'ai reçu un grand coup de tête dans l'estomac.

— Alors cela ne sera rien. Voulez-vous que nous allions chez un pharmacien ?

— Oui, *mais il y a encore cet assassin* — et il désignait le blessé — qui paraît être le chef de la bande.

Fred Jorgell ramassa son browning, et méthodiquement, en homme qui accomplit un devoir, il tira deux fois sur Slugh. Après quoi, il remit son arme dans sa poche et tendit gracieusement la main à son sauveur.

— Vous êtes un digne garçon, dit-il ; voulez-vous prendre un verre de vin avec moi ?

— Volontiers, sir, répondit le bossu, mais ne voulez-vous pas, auparavant, aller chez le pharmacien, ou, comme on dit ici, chez le *chemist*, il y en a un précisément à deux pas d'ici, dont l'officine reste ouverte toute la nuit.

— Je veux bien, car je m'aperçois que je crache le sang, le coup de tête de ce bandit m'a démoli l'estomac.

Tous deux se mirent en route et atteignirent, sans autre aventure, l'officine du « chemist et druggist » qui se trouvait à deux pas de là et que signalaient de loin des bocaux flamboyants.

Il y avait un rassemblement d'une vingtaine de personnes devant la boutique et Fred Jorgell apprit qu'on venait d'y transporter un blessé trouvé par les policemen à l'angle d'une rue.

Le « chemist », comme dans tous les pays anglo-saxons, était en même « physician », c'est-à-dire médecin. C'était un personnage à lunettes bleues et à longues moustaches d'un blond fade. Il pansa l'éraflure que le couteau de l'assassin avait faite au cou du milliardaire et lui assura que, moyennant certaines précautions qu'il indiqua, le coup de tête qu'il avait reçu n'aurait pas de suites sérieuses.

Fred Jorgell, qu'un funeste pressentiment venait tout à coup d'envahir, demanda ensuite quelques détails au chemist sur le blessé que les policemen venaient d'apporter chez lui.

et, pour justifier sa question, il raconta brièvement ses propres aventures.

— Voulez-vous visiter le blessé? proposa obligeamment le docteur, vous verrez tout de suite si ce n'est pas votre ami.

Fred Jorgell accepta et passa dans une seconde pièce, au fond de laquelle, sur un lit de repos, un homme était étendu, veillé par un policeman. Le milliardaire eut un geste de douloureuse surprise ; il venait de reconnaître le poète Agénor, immobile et blême, ne donnant plus signe de vie.

— J'espère qu'il n'est pas mort?

— Il est très gravement blessé. Depuis qu'il est ici, il n'a pas repris connaissance.

— Reste-t-il de l'espoir? demanda Fred Jorgell avec angoisse.

— Je ne puis encore me prononcer ; cependant, le cœur n'est pas atteint...

En proie à une violente émotion, le milliardaire allait et venait dans la pièce, d'un pas saccadé.

— Docteur, dit-il avec agitation, je suis Fred Jorgell, le milliardaire. Ce blessé est un de mes amis, sauvez-le et je vous récompenserai royalement.

— J'essayerai.

— Je le confie à vos bons soins, mais, d'heure en heure, vous m'adresserez téléphoniquement un bulletin de son état, et, dès qu'il sera transportable, vous me ferez prévenir, afin que je le fasse conduire chez moi...

— Well, sir.

— J'allais oublier... Voici un acompte sur vos honoraires.

Le docteur prit la bank-note que lui tendait Fred Jorgell, en s'inclinant profondément, et reconduisit avec respect son illustre visiteur.

Le milliardaire allait monter dans un cab électrique, que le bossu était allé querir en hâte, mais auparavant il tint à mettre au courant des événements un des policemen qui se trouvaient dans l'officine.

Ceux-ci partirent en toute hâte vers l'endroit où avait eu lieu l'agression. Ils n'y trouvèrent que deux larges flaques de sang. Les cadavres des bandits avaient disparu, sans doute emportés par leurs complices.

CHAPITRE II

LE RÉCIT D'OSCAR TOURNESOL

D'un geste autoritaire, Fred Jorgell avait fait monter le bossu déguenillé à ses côtés, sur les coussins pneumatiques du taxi-cab, qui partit aussitôt en troisième vitesse dans la direction du centre de la ville.

— Tu es un courageux garçon, dit tout à coup le milliardaire à son bizarre compagnon ; tu m'as sauvé la vie, mais je te jure, foi de Fred Jorgell, que ce soir, tu n'as pas perdu ton temps ; et d'abord, comment te nommes-tu?

— Oscar Tournesol.

— Tu n'es pas Américain?

— Non, sir, je suis Français, et même Parisien de naissance.

— Et quel est ton métier?

Oscar Tournesol baissa la tête en rougissant.

— Je suis cireur de bottines, répondit-il un peu honteux d'une si humble profession.

— Il ne faut pas avoir honte de son métier, répliqua sévèrement Fred Jorgell, il n'est jamais honteux de travailler ; moi qui te parle, j'ai bien ciré les souliers des matelots pendant longtemps, sur les quais de San-Francisco, et pourtant, je suis, à l'heure qu'il est, milliardaire.

Et comme Oscar ouvrait de grands yeux :

— C'est comme cela, mon garçon ; mais d'abord, raconte-moi comment tu as eu l'idée de venir à mon secours?

— C'est tout simple. Je loge, à raison de deux dollars par semaine, dans une sorte de cave qui donne précisément sur l'impasse où vous avez été attaqué. Il n'est pas rare que j'entende des coups de revolver dans le voisinage, mais je n'ai jamais pu m'habituer à ce bruit-là. Quand vous avez tiré sur l'homme à la longue barbe, je me suis réveillé en sursaut, j'ai sauté en bas de ma couchette et je me suis habillé en deux temps et trois mouvements...

— Tu as bien fait de te dépêcher, murmura le milliardaire avec une grimace de frayeur rétrospective, mais continue...

— J'ai regardé par le soupirail de la cave, et, quand j'ai vu qu'il ne s'agissait pas d'une bataille entre apaches, mais d'un assassinat véritable; je n'ai pas hésité, j'ai pris un bâton, la seule arme que j'eusse à ma disposition, et je me suis embusqué dans le corridor en attendant le bon moment pour intervenir.

— Mais tu aurais pu avoir le dessous...

— Ma foi, je n'ai pas réfléchi à cela ; puis, si j'avais laissé égorger quelqu'un sous mes yeux, comme cela, j'en aurais eu du remords toute ma vie. il m'aurait toujours semblé que j'étais complice.

A ce moment, le taxi-cab stoppa devant un édifice à la façade brillamment illuminée.

— Nous sommes arrivés, déclara le milliardaire, c'est ici le restaurant Delmonico ; j'ai réfléchi que cela nous ferait du bien à tous deux de prendre quelque chose de substantiel, après une pareille alerte.

— C'est que, balbutia Oscar, je ne suis guère présentable, on dira que vous avez invité un tondeur de chiens, ou — comme c'est l'exacte vérité — un cireur de bottines à souper avec vous.

— Voilà qui m'est fort égal, s'écria Fred Jorgell avec une désinvolture superbe ; sache que j'ai le mépris le plus complet de ce que peuvent dire les gens.

Tout en parlant, il poussait devant lui Oscar, tout confus, dans la vaste salle au plafond d'or, aux tables étincelantes de fleurs, de vermeil et de cristaux.

A la vue du cireur, la caissière et le gérant

avaient échangé un regard ahuri, quelques rires discrets circulèrent parmi l'assistance, mais ce fut tout. Le milliardaire était connu et personne ne se fût avisé de lui faire une observation. *Bien plus*, certains soupeurs trouvèrent cette attitude d'une excentricité de bon aloi et très crâne, le jour même où le nom de Baruch revenait sur l'eau avec les sanglantes allusions des journaux.

Fred Jorgell et Oscar Tournesol prirent place à une petite table isolée, et tout de suite, le milliardaire fit la carte.

— Il nous faut, déclara-t-il à Oscar qui ne protestait nullement, des mets simples et réconfortants ; en conséquence, voici le menu que je décrète :

« *Kankal-oysters, trois douzaines* ;

« Salade de homards avec des cœurs de céleri et quelques vagues truffes...

« Poulet du Kentucky, sauce trust ;

« Et, comme tu es Français : escargots de France, *vanillés au sucre* ;

« Desserts, café, whisky, canadian-club.

« Cela te va-t-il ?

— C'est admirable, et cela tombe d'autant mieux que j'ai mangé très sobrement aujourd'hui ; j'ai la dent, et comment !...

— Quelle dent ?

— C'est une expression française pour dire que j'ai très bon appétit.

— Very well ! Tu bois du vin ?

— Avec plaisir, surtout quand il est de mon pays, monsieur le milliardaire.

— Tu seras satisfait.

Pendant que Fred Jorgell réclamait au « waiter » une carte spéciale, Oscar se promit *in petto* de ne pas toucher aux *escargots vanillés au sucre*, qu'il considérait, sans en avoir tâté, comme une abomination inventée par les Yankees pour déshonorer la Bourgogne.

Bientôt le souper fut servi ; le bossu dévorait comme un loup affamé, le milliardaire le regardait *nettoyer les plats* et *torcher la sauce* avec son pain dans un véritable ravissement. Il se garda bien de troubler son invité par des questions inopportunes et le laissa d'abord se rassasier tout à son aise. Ce ne fut qu'au dessert qu'il prit la parole en ces termes :

— Maintenant, mon brave Oscar, je tiens à connaître par le menu ton existence passée, et, si tu en es digne, comme c'est ma ferme conviction, je te promets de te créer d'ici peu une très enviable situation.

— Sir, répondit le bossu, je n'ai aucune raison de vous cacher mes antécédents, et vous allez entièrement les connaître. Comme je vous l'ai dit, je suis né à Paris, mon père était un pauvre ouvrier ébéniste du faubourg Saint-Antoine. J'avais cinq ans, lorsque mes parents, à quinze jours de distance l'un de l'autre, furent emportés par une épidémie de fièvre typhoïde. Les voisins voulaient me confier à l'Assistance publique, mais j'avais si peur d'être enfermé que je réussis à m'enfuir, muni d'une vingtaine de sous que m'avait donnés ma pauvre mère quelques jours avant sa mort. Depuis lors, je vécus, au hasard de la rue parisienne, de tous les petits métiers de ceux qui n'en ont pas.

— Tu étais camelot, précisa le milliardaire.

— *C'est cela*, je criais les feuilles du soir, je vendais des décorations tricolores les jours de fête nationale, du papier d'Arménie et des singes en peluche dans les fêtes foraines, j'offrais des olives dans un petit baquet de cèdre à la terrasse des cafés, je ramassais des bouts de cigares, j'aidais à décharger les voitures de fruits et de légumes. Je ne me rappelle jamais ce temps-là sans tristesse. Que de fois je dus coucher sous les ponts ou dans les maisons en construction ! Puis tout le monde se moquait de moi à cause de ma bosse et de mes cheveux jaunes. J'avais quinze ans passés et on ne m'en eût pas donné douze, tant j'étais chétif et malingre.

— Pauvre diable ! murmura Fred Jorgell ; alors tu es sans doute venu en Amérique pour faire fortune ?

— Attendez un peu, nous n'y sommes pas encore. Une nuit qu'il gelait à pierre fendre, j'étais sans asile, sans le sou, je n'avais pas mangé depuis la veille ; à demi-mort de faim et de froid, je me réfugiai sous l'auvent d'une porte cochère, quai de la Tournelle. C'est là *qu'on me retrouva le lendemain matin*, évanoui et à moitié gelé. Le propriétaire de la maison, un savant célèbre, eut pitié de moi, me soigna, me fit manger et, finalement, me garda chez lui.

— *Quel était le nom de ce digne gentleman ?* demanda Fred Jorgell puissamment intéressé.

— Il se nommait M. de Maubreuil.

En entendant ce nom qui lui rappelait de si terribles souvenirs, Fred Jorgell changea de visage, et reposa sur la table sans y toucher le verre qu'il allait porter à ses lèvres. Il *eut besoin de toute sa force de caractère* pour ne pas laisser deviner ce qui se passait en lui.

— Continue, dit-il d'une voix sourde à Oscar qui, tout à son récit, ne s'était aperçu de rien.

— M. de Maubreuil et sa fille, Mlle Andrée, furent pour moi d'une grande bonté, ils me traitèrent presque aussi bien que si j'eusse été leur enfant. Le malheur semblait fini pour moi. Je fus habillé, nourri, instruit même comme un vrai fils de famille. Quand M. de *Maubreuil, dégoûté de Paris, alla* s'installer en Bretagne, il m'emmena avec lui dans son château qu'on appelait le Manoir aux Diamants. J'y serais sans doute encore si, par malheur, un Américain nommé Baruch, n'était venu s'installer chez nous...

— Je connais cette histoire, interrompit brusquement le milliardaire, tous les journaux l'ont racontée ! Et que devins-tu, après la mort de ton protecteur ?

— J'allai habiter, ainsi que Mlle Andrée,

chez un vieil ami de M. de Maubreuil, M. Bondonnat.

— Le fameux naturaliste?

— Précisément. Mais voyez ma déveine ! Mon second protecteur a eu presque le même sort que le premier.

— Assassiné?

— Non, mais enlevé par des inconnus, en aéroplane, sans qu'on ait jamais pu savoir ce qu'il était devenu ; c'était le jour même où allaient être célébrées les fiançailles de la fille de mon maître, Mlle Frédérique, et celles aussi de Mlle Andrée de Maubreuil. J'étais allé, en attendant le repas, faire un tour sur la lande en compagnie de mon vieux maître. Nous étions absolument sans défiance, et en cela nous avions tort, car il rôdait dans le pays des étrangers— Anglais ou Américains — d'allure suspecte, qui avaient déjà essayé de tuer notre chien de garde Pistolet.

— Cela aurait dû vous donner l'éveil.

— Sans doute, mais nous étions à mille lieues de supposer qu'un pareil attentat fût possible. M. Bondonnat s'amusait à regarder le chien auquel j'avais appris des exercices surprenants, lorsque, tout à coup, un aéroplane s'est abattu sur la lande, comme un vautour qui se laisse tomber sur sa proie ; deux Américains en sont descendus. — les mêmes qui avaient essayé de tuer Pistolet ; — le browning au poing, ils ont renversé M. Bondonnat et l'ont jeté dans un des baquets de l'aéroplane. J'ai essayé de défendre mon vieux maître et j'ai été renversé d'un coup de crosse qui m'a fendu le crâne... Depuis, il m'a été impossible de savoir ce qu'était devenu M. Bondonnat ; il doit être encore vivant. S'ils avaient voulu le tuer, cela leur eût été facile.

— Voilà une étrange histoire, murmura le milliardaire tout pensif ; mais toi, qu'es-tu devenu?

Oscar montra une large cicatrice blanche qui lui barrait le front.

— Ils n'y allaient pas de main morte, les canailles, dit-il. Je suis resté plus d'un mois entre la vie et la mort. Mlle Andrée et Mlle Frédérique m'ont soigné avec un dévouement inouï, mieux peut-être que si c'eût été mes vraies sœurs. Mais quand j'ai commencé à pouvoir me lever, que l'on m'a regardé comme hors de danger, quelle tristesse et quel crève-cœur ! La villa de M. Bondonnat, naguère si joyeuse, était triste, silencieuse comme une maison où il y a un mort. Pâles, mélancoliques, vêtues de deuil, Mlle Andrée et Mlle Frédérique me semblèrent toutes changées. Le beau jardin botanique, livré à lui-même, ressemblait à un hallier, les appareils que mon maître a inventés et qui changent à volonté l'ordre des saisons, se rouillaient sur la falaise... C'était une désolation !...

— Mais les fiancés des deux-misses? demanda Fred Jorgell, que ce récit passionnait de plus en plus.

— M. Ravenel et M. Paganot, pour des raisons de convenance, avaient, d'accord avec ces demoiselles, ajourné le mariage à plus tard ; ils étaient repartis pour Paris, en attendant qu'on fût fixé sur le sort de M. Bondonnat. C'était une situation sans issue. Pour comble de malheur, le médecin qui me soignait reconnut en moi les premiers germes de la tuberculose. Je n'ai jamais été bien solide, cette longue maladie m'avait porté un coup sérieux...

La voix d'Oscar se troubla, on eût dit qu'il essayait de refouler les larmes qui lui montaient aux yeux.

— Je ne pouvais plus rester à la villa, Mlle Frédérique m'envoya dans un sanatorium, à Berck-sur-Mer, où je fus très bien soigné, et chaque semaine, ces demoiselles m'écrivaient une bonne lettre réconfortante, toujours accompagnée de quelque cadeau ou d'un mandat. J'étais bien heureux des attentions qu'elles avaient pour moi, mais je m'ennuyais à mourir. Enfin, après deux mois de traitement, le médecin en chef me déclara complètement guéri...

— Et tu retournas à la villa?

— Eh bien, non ! Pendant mes longues heures de solitude, j'avais eu le temps de réfléchir. Que serait mon avenir près de deux jeunes filles plongées dans le chagrin? Était-il digne d'un homme de cœur de demeurer près d'elles, quand j'avais un si impérieux devoir à remplir ! M. Bondonnat, après M. de Maubreuil, a été mon bienfaiteur ; je me suis juré à moi-même de le retrouver, de le ramener sain et sauf à sa fille.

— C'est très bien cela, mon petit bonhomme, murmura le milliardaire sincèrement apitoyé, mais tu ne me parais guère armé pour réussir une chose aussi difficile.

— Cela dépend, sir, je me suis déjà prouvé à moi-même que j'étais capable de quelque chose. Je suis venu à New-York sans payer mon passage.

— Comment as-tu fait?

— J'avais soigneusement économisé les petites sommes que m'envoyaient mes bienfaitrices. Sitôt guéri, j'ai pris le train pour le Havre ; le transatlantique *la Touraine* était en partance ; en rôdant autour du navire, j'ai eu la chance de rencontrer un jeune marin que j'avais connu en Bretagne ; grâce à lui, j'ai pu me faire embaucher comme aide de cuisine, ou pour être plus exact, comme laveur de vaisselle, comme plongeur. C'est dans ces conditions que je suis arrivé à New-York.

— Mais, objecta Fred Jorgell pris de méfiance, on n'a pas dû te laisser débarquer puisqu'on réclame à tous les émigrants qui ne peuvent justifier d'un moyen d'existence le dépôt d'une somme de cinq cents francs?

Oscar Tournesol cligna de l'œil avec malice.

— Permettez, fit-il, j'étais prévenu ; aussi me suis-je bien gardé de dire que je ne conservais pas mon emploi de plongeur à bord du paquebot. J'étais porté sur le rôle d'équipage ; on m'a laissé débarquer ; c'était tout ce que je voulais, une fois dans les rues de *New-York* où la police n'est pas des plus tracassières, bien malin qui eût pu me retrouver. Je me suis établi bravement comme cireur de bottines et j'ai commencé aussitôt mon enquête.

— Et tu as découvert quelque chose?

— Rien du tout, hélas ! fit le bossu avec un profond découragement. Je m'aperçois que la tâche que j'ai entreprise est remplie de difficultés.

— Serais-tu déjà découragé?

— Non pas ! J'irai jusqu'au bout. Je me le suis juré et je l'ai promis à Mlle Andrée et à Mlle Frédérique.

Le milliardaire demeurait silencieux. Malgré toute la sympathie que lui inspirait Oscar Tournesol, il hésitait entre divers partis ; un grand combat se livrait en lui-même. Enfin, en dépit de son orgueil, il se décida.

— Sais-tu qui je suis? dit-il brusquement au bossu.

— Non, sir, vous n'avez pas encore jugé à propos de me faire connaître votre nom.

— Je suis Fred Jorgell, le milliardaire.

Oscar avait changé de couleur.

— Le père de Baruch?

— Oui, reprit le milliardaire dont la tristesse et l'humiliation secrète se dissimulaient sous un masque de glaciale indifférence, je suis le père de ce misérable, cela, il fallait bien que je te l'apprenne, mais qu'il ne soit plus jamais question de lui dans nos conversations. Je n'ai plus de fils, c'est comme si je n'avais jamais eu de fils !

Oscar gardait le silence, tout interloqué de cette révélation inattendue.

— Tu m'as sauvé la vie, poursuivit Fred Jorgell, et de plus tu es un garçon énergique et honnête ; c'est une double raison pour que je m'intéresse à ton avenir ; il ne dépendra que de toi qu'il soit aussi brillant que possible, et de plus je te promets que je ferai tout ce qui sera en mon pouvoir pour retrouver M. Bondonnat.

Oscar, émerveillé du bizarre enchaînement des événements qui allaient sans doute faire du père de l'assassin Baruch le bienfaiteur d'Andrée et de Frédérique, se confondit en remerciements, mais le milliardaire coupa court aux expressions émues de sa gratitude.

— C'est bien, fit-il. Il est tard, il est temps, pour toi aussi bien que pour moi, d'aller nous reposer. Parlons pratiquement. Voici une bank-note de cinq cents dollars ; elle t'appartient, c'est un premier acompte, en attendant que je voie ce que je puis faire de sérieux pour toi. Demain, tu t'habilleras un peu plus décemment et tu te présenteras aux bureaux de la Compagnie de navigation dont je suis le propriétaire et dont voici l'adresse. Là, on t'assignera un emploi convenablement rétribué en attendant que j'aie réfléchi aux meilleurs moyens à employer pour retrouver M. Bondonnat. Cela te convient-il?

— Beaucoup. C'est plus que je n'aurais osé espérer.

— Alors, nous allons partir, tu monteras en auto avec moi et je te déposerai à la porte de quelque hôtel convenable.

Fred Jorgell jeta une bank-note au *waiter* et, sans se soucier des sourires malins qui s'épanouissaient sur les lèvres de quelques soupeurs à la vue de son étrange compagnon, il sortit du restaurant Delmonico, et remonta dans un *taxi-cab*.

Une demi-heure plus tard, Oscar Tournesol, qui n'en revenait pas encore de ses aventures de la nuit, était installé dans une confortable chambre de « Preston-hôtel » — électricité, chauffage central, ascenseur, téléphone, etc... Un mot de Fred Jorgell avait changé en obséquieuses salutations les mines arrogantes du gérant de l'établissement, qui avait d'abord hésité à accueillir un client *aussi mal couvert*.

Avant de se mettre au lit, le bossu s'accouda quelques instants au balcon de sa chambre qui donnait sur la trente-troisième avenue, complètement déserte.

En ce moment une auto descendait l'avenue à une assez vive allure. A la lueur d'un des phares électriques, Oscar distingua nettement trois personnages qui, à en juger par la vivacité de leurs gestes, étaient plongés dans une discussion des plus animées.

Mais, tout à coup, il faillit laisser échapper un cri de surprise.

Dans l'un des trois personnages, il venait de reconnaître un homme dont la physionomie était gravée de façon indélébile dans sa mémoire, l'homme qui l'avait blessé presque mortellement d'un coup de crosse de revolver sur la lande bretonne, — l'homme qui avait voulu tuer le chien liseur, — un des trois bandits qui avaient coopéré à l'enlèvement de M. Bondonnat en aéroplane.

Oscar eût voulu s'élancer à sa poursuite, le faire arrêter, mais déjà l'auto avait disparu comme un météore nocturne, et ses phares éblouissants n'étaient plus que deux petites taches de lumière presque effacées déjà, à l'autre extrémité de l'immense avenue.

CHAPITRE III

VERS NEW-YORK

Depuis la disparition de M. Bondonnat, les magnifiques jardins qu'il avait créés à Kérity-sur-Mer tombaient presque dans le lamentable état des terres incultes.

Au milieu de cette tristesse et de cet abandon de la villa, autrefois si joyeuse, deux jeunes filles voyaient s'écouler leurs journées dans le désespoir et dans les larmes.

Frédérique et Andrée, par une sorte de superstition, n'avaient pas voulu quitter le logis où le malheur s'était abattu au moment même où tout un heureux avenir lui apparaissait. Toutes deux s'étaient confinées dans une profonde retraite. Elles ne voyaient personne, sauf leurs fiancés, l'ingénieur Paganot et le naturaliste Roger Ravenel, qui mettaient tout en œuvre pour les consoler, pour atténuer autant que cela était possible leur immense douleur.

Ce jour-là, le temps était sombre ; le ciel, voilé de grands nuages funèbres, barré d'une pluie fine, ajoutait sa mélancolie à la tristesse de Frédérique et d'Andrée.

— Il me semble, murmura Mlle de Maubreuil, que ma vie est finie, que malgré l'amour de mon fiancé, je ne serai jamais heureuse. La mort de mon père, si cruellement assassiné, m'a porté un coup dont je ne me relèverai jamais. J'ai essayé d'oublier, je n'ai pas pu. Et la disparition de mon pauvre cher tuteur est venue rendre encore ma peine plus amère. Quant à toi, heureusement, chère Frédérique, le malheur t'a moins gravement atteinte. Tu peux espérer un jour de revoir ton père.

— Je n'ose plus y croire. Je m'efforce même de n'y plus penser, car si j'y réfléchis quelque peu, je me demande avec angoisse si mon père n'a pas eu le même sort que le tien.

— Ne crois pas cela. Ne te fais pas d'idées noires.

Et la jeune fille ajouta après un moment de silence :

— Ne t'ai-je pas dit que chaque samedi, comme autrefois, je suis tourmentée par un cauchemar. J'assiste à la scène du meurtre, je revois le misérable Baruch. Sais-tu ce que je crois ? C'est que je ne serai délivrée de ces apparitions effrayantes que lorsque l'assassin...

— Ne parlons plus de cela. Nous n'avons que trop souvent traité ce terrible sujet de conversation et je t'ai dit ma pensée là-dessus (1). Sais-tu à qui je songeais tout à l'heure ?

— Je parie que tu pensais à Oscar.

— Tu ne te trompes pas. Où est-il, à l'heure qu'il est, le pauvre garçon ? Faible et malade, sans argent, il a eu le courage d'aller seul à la recherche de mon père.

— Peut-être le retrouvera-t-il. J'ai la conviction, ma chère Frédérique, que si on séquestre M. Bondonnat, ce n'est pas pour lui faire du mal. On veut sans doute essayer de lui voler ses découvertes, je l'ai toujours pensé.

— Pour moi, ça ne fait pas l'ombre d'un doute ; mais il arrivera bien un jour où tout se découvrira. M. Paganot et M. Ravenel sont au courant des travaux de mon père ; le jour où l'on voudra utiliser une de ses découvertes, ils le sauront.

— Oui, c'est vrai, mais d'ici là, il peut se passer beaucoup de temps.

Un violent coup de sonnette arracha les deux amies à leurs mélancoliques réflexions. De la fenêtre près de laquelle elles étaient assises, elles aperçurent Benjamin, le facteur du village, qui glissait une lettre dans la boîte adossée à la haute grille de fer forgé qui se trouvait un peu en avant du principal corps de bâtiment de la villa.

Frédérique constata tout de suite que l'enveloppe portait le timbre de New-York. Et Andrée s'écria que ce devait être une lettre d'Oscar.

Elle ne s'était pas trompée ; la missive était du petit bossu et Frédérique en fit la lecture à haute voix.

« Mesdemoiselles,

« Excusez-moi d'être resté si longtemps sans vous écrire, mais il m'est arrivé depuis quelque temps une foule d'aventures plus ou moins bizarres dont quelques-unes très heureuses. D'ailleurs, je me porte très bien et je suis devenu le protégé d'un riche Américain auquel, par hasard, j'ai eu le bonheur de sauver la vie tout en roulant ma bosse au pays des milliardaires et des bandits.

(Ici, Oscar faisait un récit détaillé de la façon dont il avait arraché à la mort Fred Jorgell, mais cependant, pour des raisons faciles à comprendre, il ne nommait pas l'Américain.)

« La seule chose qui me contrarie, continuait-il, c'est de n'avoir aucune bonne nouvelle à vous donner au sujet de M. Bondonnat. Cependant, je dois vous signaler deux faits intéressants.

« Le premier, c'est que mon patron, le milliardaire, m'a promis de s'employer à faire des recherches sérieuses dans toute l'Amérique ; le second, c'est que j'ai cru reconnaître, dans une auto qui passait à une allure folle, les auteurs du rapt qui nous a tous plongés dans la désolation.

« La police ici est très active, à condition, bien entendu, qu'elle soit grassement payée et pour peu que la chance nous favorise, nous serons bientôt sur la trace des bandits qui vous ont causé tant de chagrin.

« Pour en finir, il serait peut-être bon que vous vous décidiez à faire le voyage de New-York et que vous veniez me rejoindre en compagnie de M. Ravenel et de M. Paganot. »

La lettre se terminait par diverses indications relatives aux heures des trains et des paquebots, et à l'hôtel où le vaillant bossu engageait ses amis à descendre dès leur arrivée en Amérique.

— Oscar a raison, dit Mlle de Maubreuil, nous n'avons pas le droit d'hésiter plus longtemps.

— Oui, nous devons partir, ajouta Frédérique avec un geste énergique. Oscar nous montre l'exemple et nous trace notre devoir. Ce n'est pas à ce pauvre bossu, si dévoué qu'il soit, d'aller seul à la recherche de mon père, c'est à moi.

— Et moi, ta meilleure amie, ta sœur adoptive, je dois être à tes côtés et partager les dangers et les fatigues de ton voyage.

— Mais, dit Frédérique avec un mélancolique sourire, ne serait-il pas bon de prévenir

(1) Voir le *Sculpteur de chair humaine*, volume 6 de la collection des « Romans pour tous ».

ceux qui nous aiment ? Ne décidons rien avant de leur avoir demandé conseil.

— Tu as raison, s'écria Andrée en jetant un manteau sur ses épaules.

« Je cours trouver M. Paganot à son auberge de la Tête-de-Pie, il n'est certainement pas encore sorti. Je te laisse le soin de lire la lettre d'Oscar et de faire part de notre détermination à M. Ravenel qui ne tardera pas à venir, comme il le fait tous les jours.

Après un affectueux baiser, les deux jeunes filles se séparèrent. Frédérique n'eut pas longtemps à attendre. Un quart d'heure s'était à peine écoulé que le naturaliste apparaissait à la grille d'entrée, chargé d'une gerbe de fleurs des champs qu'il apportait à sa fiancée, ainsi qu'il en avait coutume chaque matin.

— Eh bien, dit-il, ma chère aimée, avez-vous quelque bonne nouvelle à m'apprendre ?

— Non, Roger, pas encore. Cependant, j'ai reçu une lettre d'Oscar. Lisez-la et dites-moi ce que vous en pensez.

Le naturaliste parcourut la missive d'un coup d'œil, mais il s'arrêta plus longuement à la dernière phrase.

— Frédérique, murmura-t-il, je vous aime tant que tout mon bonheur doit venir de vous. Je ne suis heureux que quand vous souriez. Je ferai tout ce que vous voudrez. Allons chercher votre père puisque vous le désirez.

Dans un grand élan d'enthousiasme, il entraîna la jeune fille vers la terrasse qui dominait la mer. Et le bras étendu dans un grand geste vers les horizons lointains, il s'écria :

— C'est là-bas que nous irons. C'est là-bas que nous retrouverons votre père, c'est là-bas que nous pourrons nous aimer sans arrière-pensée, sans tristesse.

— Oui, c'est là-bas, murmura derrière lui une autre voix.

C'était celle de l'ingénieur Paganot qui accourait en compagnie d'Andrée.

— Le sort en est jeté, dit-il. Nous allons partir pour New-York. Une voix secrète me dit que nous y sommes attendus avec impatience.

Une profonde émotion s'était emparée des deux jeunes filles. Elles contemplaient leurs fiancés d'un regard extasié. Comme ils leur semblaient beaux, les deux jeunes hommes, dans l'enthousiasme du désintéressement, du dévouement ! Andrée et Frédérique sentaient qu'elles étaient tendrement aimées. Leurs fiancés ne pouvaient leur donner une plus grande marque d'attachement qu'en abandonnant ainsi leurs travaux, leurs études, leur pays même, pour les suivre sur une terre étrangère où peut-être ils allaient être exposés à bien des dangers.

L'ingénieur Paganot avait déjà fait un certain nombre de fois la traversée de l'Atlantique. Il connaissait les meilleurs moyens de locomotion et les tarifs les moins dispendieux. Ce fut lui qui se chargea d'établir le bilan des frais de route et l'itinéraire du voyage.

Grâce aux renseignements puisés dans les annuaires maritimes et les indicateurs, il décida que le plus simple était de partir dès le lendemain pour Paris où l'on passerait une journée pour faire les achats indispensables à une longue traversée.

Andrée et Frédérique se couchèrent tard ce soir-là. Avant de quitter la maison familiale, elles tenaient à ranger soigneusement les objets qui leur étaient le plus chers et les souvenirs les plus précieux ; puis il fallut faire les malles. Le bagage, quoique très simplifié, était encore suffisamment volumineux.

Dès le matin, elles se mirent en quête d'un bon voiturier et se rendirent chez un vieux serviteur de M. Bondonnat, Éric Marsouan, qu'elles chargèrent de veiller pendant leur absence sur la demeure qu'elles allaient quitter.

A midi, tout le monde était réuni dans la villa, où les colis furent chargés sur un camion qui les transporta à la gare la plus proche, et deux heures plus tard, les quatre voyageurs, installés dans un wagon de première classe, filaient vers Paris d'où ils devaient s'embarquer pour Cherbourg par le train transatlantique.

Le voyage de Paris à Cherbourg ne fut marqué par aucun incident et les quatre jeunes gens prirent place dans les cabines qu'ils avaient retenues télégraphiquement à bord du *Kaiser-Wilhelm* qui bientôt sortit de la rade et cingla vers la haute mer.

La traversée fut assez pénible pour les jeunes filles, auxquelles le mal de mer ne fit pas grâce, et quand, six jours après, elles prirent pied sur les quais de New-York, elles étaient d'une telle pâleur que leurs fiancés s'en alarmèrent, mais elles eurent vite fait de reprendre leurs couleurs.

Oscar Tournesol, qui était venu au-devant d'elles et qui se chargea de les conduire à Preston-Hôtel, trouva seulement que le chagrin les avait fait maigrir.

Depuis qu'il était en Amérique, le bossu n'avait pas éprouvé d'émotion plus vive que celle que lui causa la venue de ses amis.

— Je vous ai écrit de venir à Preston-Hôtel parce que c'est un établissement que je connais et je sais que vous y serez très confortablement.

Malgré les assurances d'Oscar, les quatre Français furent quelque peu surpris de l'organisation de l'hôtel américain.

A l'entrée, une dame installée dans une cage vitrée remit à chacun d'eux un carton sur lequel était inscrit un numéro, celui de sa chambre. Un ascenseur électrique les déposa au seuil même de leurs portes, qui avaient accès toutes les quatre dans le même couloir.

Ce qui surprit les voyageurs, ce fut d'apercevoir dans chacune des pièces un immense cadran émaillé, placé juste au-dessus de la cheminée, en face de la fenêtre ; au centre se trouvait une poignée de nickel actionnant une longue aiguille dorée.

Ils purent alors lire, en guise d'heures, sur cet étrange disque qui scintillait à la lueur de l'électricité, des mots répétés en plusieurs langues et indiquant tout ce dont ils pouvaient avoir besoin, comme : cirage, brosses, peigne, eau chaude, eau froide, café, chocolat, thé, masseur, médecin, sage-femme, poulet, gigot, dîner, déjeuner, douche, pantoufles, garçon, *femme de chambre, etc., etc.*

Il suffisait de pousser l'aiguille sur le mot désignant l'objet désiré pour être servi avec une rapidité merveilleuse.

Andrée et Frédérique, qui, toutes deux un peu peureuses, avaient résolu d'habiter la même chambre, firent pivoter l'aiguille afin d'avoir à dîner. Elles furent servies à la minute ; le repas était copieux et délicat, mais la physionomie des deux garçons qui les servirent leur parut souverainement antipathique, pour ne pas dire inquiétante.

A un moment donné, pendant qu'elle tendait à l'un d'eux son assiette, Andrée tressaillit, intimidée par l'effronterie de deux prunelles jaunes comme celles des chats, et elle crut remarquer sur les lèvres de l'homme un méchant sourire.

Frédérique, de son côté, avait eu la même impression.

La table une fois desservie, les deux jeunes filles se firent part de l'impression qu'elles avaient ressentie.

— As-tu remarqué, Frédérique, ces mines patibulaires. Je ne sais si c'est parce que je ne suis pas habituée encore aux gens de ce pays, mais cet individu m'a fait peur. Il m'a semblé qu'il me menaçait, qu'il me voulait du mal...

— Ma pauvre Andrée, je suis aussi peu rassurée que toi. Cet hôtel a beau être luxueux, je ne m'y sens pas à l'aise... Je puis être dans l'erreur, mais ces deux garçons, un surtout, ont des faces de bandits.

— Allons, rassure-toi, reprit Andrée. Après tout, pourquoi veux-tu qu'on nous menace et qu'on nous en veuille? Nous arrivons à peine et personne ne nous connaît.

— Oui, il faut être raisonnables. N'oublions pas que nous avons à remplir une tâche sacrée. Nous n'avons pas le droit de manquer de courage. D'ailleurs, Oscar nous a affirmé que l'établissement était honorable. Couchons-nous. Le repos nous est nécessaire et, dès demain, nous nous mettrons en campagne.

Les deux jeunes filles se mirent au lit et, malgré leurs craintes, reposèrent paisiblement ; c'était la première nuit qu'elles passaient sur le sol de l'Amérique.

Cependant, leur instinct ne les avaient pas trompées. Les deux garçons qui leur avaient fait si grand'peur n'étaient autres que deux suppôts de la Main Rouge.

Cependant cette impression fâcheuse se dissipa petit à petit les jours suivants. Les deux jeunes filles étaient toutes au plaisir de connaître *un monde* nouveau qui ne ressemblait en aucun point à l'Europe.

Les quatre jeunes gens, après avoir fait les visites indispensables au consulat de France et aux personnages les plus notoires de la colonie française, se mirent en devoir de recueillir les renseignements qui devaient faciliter leur tâche ; mais leurs recherches étaient vaines ; l'enquête qui devait leur faire retrouver M. Bondonnat ne faisait pas un pas, et cela en dépit du zèle que déployait Oscar Tournesol.

— Savez-vous ce qu'il faudrait faire? dit un jour le bossu à Frédérique. Il faudrait aller à la maison de fous où Baruch est enfermé.

— Non, murmura la jeune fille, c'est impossible.

— Pourquoi cela?

— J'ai horreur de ce misérable.

— Il faut surmonter votre répugnance. Vous savez de quel mystère ont été entourés la condamnation et même l'arrestation de l'assassin ; personne n'a jamais pu voir clair dans cette sinistre affaire. Et je suis sûr qu'il y a une corrélation évidente entre les deux faits, l'assassinat de M. de Maubreuil et la disparition de son ami...

— C'est aussi l'avis de mon amie Andrée, murmura Frédérique, devenue songeuse.

— Et je suis sûr, reprit Oscar, que Baruch, qu'il soit complètement fou ou qu'il lui reste quelques lueurs de raison, pourra nous fournir de précieux indices.

— Vous avez peut-être raison.

— Je suis sûr que j'ai raison et je parierais que M. Paganol et M. Ravenel, si on les consultait, seraient de mon avis.

Oscar Tournesol ne s'était pas trompé, l'ingénieur et son ami trouvèrent l'idée excellente, et il fut décidé que tout le monde se rendrait au Lunatic-Asylum de Greenaway où Baruch se trouvait détenu.

CHAPITRE IV

UNE ARRESTATION SENSATIONNELLE

Le directeur du Lunatic-Asylum, sous ses *apparences inoffensives et débonnaires*, était un véritable bandit. L'association de la Main-Rouge, qui comptait des affiliés dans les plus hautes sphères de la société américaine, avait en lui le plus dévoué des serviteurs, le plus fidèle des agents.

Très lié avec le docteur Cornélius, qui faisait au Lunatic-Asylum la pluie et le beau temps, Johnson ignorait pourtant que le sculpteur de chair humaine fût le chef des Lords de la Main Rouge, le grand maître de la terrible association. Cornélius savait ce qu'il faisait, quand il avait abandonné, dans une rue de New-York, le pseudo Baruch, c'est-à-dire Joë Dorgan, le fils du milliardaire.

Cornélius savait que le malheureux viendrait fatalement échouer dans l'établissement que dirigeait le docteur Johnson et que là, sous les yeux d'un pareil chef, il serait certainement bien gardé. Et en effet, sous prétexte d'expérimentations, c'était Cornélius qui dirigeait lui-même le traitement du malade, l'on peut supposer de quelle manière.

Ce jour-là, le docteur Johnson se trouvait de fort mauvaise humeur. Il lui arrivait une aventure assez désagréable et qu'il prévoyait devoir lui occasionner une foule d'ennuis. En effet, moyennant une jolie liasse de banknotes, il avait consenti à recevoir au Lunatic-

Asylum un riche négociant de Chicago, M. Hirchmann, dont les héritiers tenaient à se débarrasser.

Le négociant était mort deux mois après, mais, malheureusement pour le docteur Johnson, de fâcheuses rumeurs n'avaient pas tardé à circuler sur cet étrange et trop rapide décès. On parlait de séquestration et d'assassinat, et les journaux avaient annoncé que la police allait être saisie de l'affaire.

Le directeur était en train de réfléchir au meilleur parti à prendre dans une circonstance aussi épineuse, quand on frappa à la porte de son cabinet.

Il alla ouvrir et se trouva en présence d'un des surveillants de l'établissement, un ancien forçat qui, de même que son directeur, était affilié à la Main Rouge.

— Qu'y a-t-il donc, Stop, demanda le docteur Johnson, pour que vous veniez me déranger de si bonne heure ?

— Excusez-moi, monsieur le directeur, je voulais seulement vous dire que Baruch Jorgell, cet aliéné que l'on nous a recommandé de surveiller tout spécialement, donne depuis hier des signes manifestes de logique et de bon sens.

— Voilà qui est singulier, murmura le docteur Johnson, devenu pensif.

— Oui. En le prenant par la douceur, j'ai réussi à le faire causer. Et voici, parmi ses phrases, une de celles qui m'a le plus frappé : « Quelles que soient les difficultés contre lesquelles j'aurai à lutter, je sortirai coûte que coûte de cette infernale prison ! »

— Il a dit cela ?

— Oui, monsieur le directeur. D'ailleurs, il vous est facile de vous en assurer par vous-même.

— Oui, cela m'intéresse.

M. Johnson se levait déjà, quand la porte livra passage au docteur Cornélius Kramm qui, précisément, venait s'informer de l'état du malade. Les deux médecins échangèrent une cordiale poignée de mains.

— Savez-vous, dit enfin Johnson, que les soins que vous prodiguez à l'un de nos pensionnaires, le fameux Baruch, semblent sur le point d'être couronnés de succès.

Cornélius sursauta :

— Allons donc ! fit-il, j'en serais bien surpris.

— C'est comme j'ai l'honneur de vous le dire. Baruch est en pleine voie de guérison, n'est-ce pas, Stop ?

Le gardien répondit d'un mouvement de tête approbatif à la question de son chef.

Le visage ordinairement pâle de Cornélius devint plus pâle encore, mais il ne laissa rien deviner de son trouble, et ce fut d'une voix tranquille qu'il répondit :

— Tiens, ce que vous me dites là est très intéressant. Je vais aller par moi-même m'assurer de l'état de notre malade.

— A votre aise. Voulez-vous que je vous accompagne ?

— C'est tout à fait inutile. A tout à l'heure, mon cher confrère.

— A tout à l'heure, cher maître.

Cornélius, qui connaissait les moindres recoins de l'établissement, n'eut besoin d'aucun guide pour se rendre à la chambre assez vaste et bien éclairée qu'occupait sa victime. Joë, assis près de la fenêtre, la tête dans ses mains, semblait plongé dans de profondes réflexions. Il faisait des efforts désespérés pour renouer la chaîne interrompue de ses idées et de ses raisonnements. Il salua poliment Cornélius, aux visites duquel il était habitué.

— Eh bien, comment cela va-t-il ? demanda le sculpteur de chair humaine d'un ton plein de bienveillance.

— Mais, beaucoup mieux, monsieur. Il me semble que ma mémoire se dégage lentement d'un brouillard. J'arrive, avec beaucoup d'efforts, à me rappeler certains faits.

— Lesquels, par exemple ? demanda Cornélius, non sans un peu d'émotion.

— Ainsi, je me rappelle très nettement avoir pris part à un combat sanglant avec des bandits, puis, je me souviens de mon frère, de mon père. Ce sont les noms que je n'arrive pas à mettre sur tout cela.

— Cela viendra, mais ne vous fatiguez pas, faites le moins d'efforts possible. Je constate aujourd'hui dans votre état un mieux très sensible. Vous avez conscience que vous avez perdu la mémoire, c'est déjà un grand point.

— Oui, et j'ai même conscience, très nettement, du retour très lent, mais progressif et régulier de cette mémoire disparue.

Et il ajouta avec une naïveté qui arracha à Cornélius un ricanement nerveux :

— Je suis sûr que si vous me disiez mon nom et celui de mes parents, si vous me racontiez dans quelles circonstances je suis venu ici, cela fixerait mes idées et hâterait beaucoup ma guérison complète.

— Je me garderai bien de vous donner ce renseignement, répliqua le scupleur de chair humaine en levant son doigt d'un air doctoral. Il est indispensable que ce soit votre cerveau qui fasse tout seul ce travail de reconstitution mnémotechnique ; c'est là un effort nécessaire.

Tout en amusant sa victime par toutes sortes de raisonnements captieux, Cornélius réfléchissait. Un violent combat se livrait en lui. Il constatait, à sa grande humiliation, que l'opération délicate qu'il avait tentée sur le cerveau de Joë Dorgan n'avait qu'incomplètement réussi et que si on laissait les choses suivre naturellement leur cours, le malade ne tarderait pas à recouvrer la mémoire en même temps que la raison. Les cellules détruites s'étaient reconstituées, les circonvolutions disjointes s'étaient ressoudées, la guérison était imminente.

— Nous serons forcés de le faire disparaître, pensa-t-il ; puis, il se ravisa, se révoltant contre cette idée.

— Non, reprit-il, ce Joë, c'est mon chef-d'œuvre ; j'y tiens. Je ne veux pas le détruire ! D'ailleurs, n'est-ce pas la preuve vivante que je conserve de la culpabilité de Baruch, pour le cas où il s'aviserait de trahir la Main Rouge ? Non, décidément, il ne faut pas le tuer, mais il faut enrayer la guérison et cela, c'est facile.

Tout en parlant, Cornélius tâtait dans la poche de côté de son pardessus un écrin qui renfermait une seringue de Pravaz.

— Mon cher ami, dit-il à Joë de son ton le plus cordial, je suis précisément venu aujourd'hui pour vous faire une piqûre d'un sérum céphalique qui produira dans votre état une amélioration excessivement rapide.

— Ah ! si vous pouviez dire vrai !

— Soyez-en certain. Vous avez pu constater par vous-même l'efficacité de mon traitement.

Cornélius avait ouvert l'écrin et après avoir rempli la *seringue* d'un *liquide incolore* contenu dans un flacon, il ajusta une aiguille neuve à l'instrument, puis il pria Joë de pencher un peu la tête.

— Car, dit-il, pour que la piqûre soit efficace, il *faut qu'elle soit pratiquée* derrière l'oreille.

Le jeune homme obéit et supporta courageusement la légère douleur de la piqûre.

— Voilà, c'est fait, murmura Cornélius, avec un *rire* sardonique. Maintenant, je réponds du résultat.

Joë ne répliqua pas un mot. L'effet du sérum, ou plutôt du poison avait été foudroyant. Déjà, les yeux du malade redevenaient vagues et hagards et il penchait la tête avec accablement. Puis, il porta les mains à son front dans un geste éperdu et s'écroula comme une masse sur son lit en poussant un gémissement étouffé.

— Bon, fit Cornélius, en voilà un qui nous laissera tranquilles pour longtemps, j'espère.

Et il essuya la pointe de sa seringue, la remit soigneusement en place dans son écrin et sortit de la chambre d'un pas tranquille pour aller rejoindre le directeur qui l'attendait dans son cabinet.

Le docteur Johnson, après quelques hésitations, et bien qu'il ignorât, comme on le sait, que Cornélius fît partie de la Main Rouge, se hasarda à lui confier ce qu'il appelait son imprudence dans l'affaire de séquestration et d'assassinat du malheureux Hirchmann.

Les deux bandits étaient faits pour s'entendre à demi-mot. Cornélius rassura Johnson, lui souffla ce qu'il aurait à dire en cas d'enquête et finalement l'assura de sa haute protection.

Le directeur du Lunatic-Asylum commençait à se rassurer, lorsque des éclats de voix et des cris le firent se lever d'un bond et se précipiter vers la porte.

— Au nom de la loi, ouvrez, et que personne ne sorte.

Ces mots retentirent pendant que celui qui les prononçait et qui n'était autre que M. Steffel, le chef de la police new-yorkaise lui-même, faisait irruption dans la pièce, suivi d'une troupe de détectives armés jusqu'aux dents.

Il marcha droit au docteur Johnson, qui était devenu blanc comme un linge.

— Monsieur le directeur, lui dit-il rudement, plainte a été déposée contre vous. Vous êtes accusé d'avoir illégalement séquestré et lâchement assassiné l'honorable M. Hirchmann, de son vivant marchand de peaux. Au nom de la loi, je vous arrête.

Trois détonations retentirent. Deux balles sifflèrent aux oreilles de M. Steffel. Et la troisième traversa le casque de cuir bouilli d'un policeman. C'était Johnson qui venait de faire usage de son browning et qui cherchait à gagner la porte. Mais plusieurs mains vigoureuses l'avaient empoigné et, en un clin d'œil, il fut mis hors d'état de nuire.

Cornélius, qui ne s'était pas départi un seul instant de son sang-froid, s'approcha du prisonnier.

— *Monsieur* Johnson, *dit-il*, si ce *dont on* vous accuse est exact, vous êtes la honte de notre corporation.

Mais, devant la mine effarée de Johnson, il ajouta aussitôt d'un ton plus doux :

— Pourtant, ce *n'est pas une raison* parce qu'on vous arrête, pour que vous soyez coupable. Ces messieurs avoueront eux-mêmes qu'à New-York comme à Paris ou à Londres, la justice n'est pas toujours infaillible. Si vous êtes innocent, comme je l'espère, vous avez eu grand tort de faire résistance aux agents de l'autorité.

Cornélius s'était approché du chef de la police qu'il salua en disant :

— Mes compliments, monsieur Steffel, le docteur Cornélius Kramm ne vous est sans doute pas inconnu.

— *Ma foi non, j'ai lu* plusieurs des brochures intéressantes qu'il a publiées, et notamment *l'Esthétique rationnelle de l'Être humain.*

— Eh bien, vous avez devant vous le docteur *Kramm en personne.*

Le médecin donna sa carte au policier qui le salua respectueusement en s'excusant de ne l'avoir pas plus tôt reconnu, car il avait eu souvent l'occasion de voir son portrait dans les journaux.

S'approchant ensuite du directeur du Lunatic-Asylum qui faisait piteuse mine entre deux policemen, il lui dit à l'oreille :

— Soyez discret. Et je ferai de mon mieux pour vous tirer d'affaire.

Puis à haute voix :

— Mon cher confrère, je ne veux pas croire que vous êtes coupable. Nous autres savants, avons de trop hautes préoccupations pour nous laisser agiter par les passions mesquines qui conduisent au crime le commun des hommes. Voici ma main, je vous la tends sans *arrière-pensée, car je vous crois innocent.*

Il gratifia Johnson d'un vigoureux shakehand, à la faveur duquel il lui glissa un mince flacon que le directeur du Lunatic-Asylum fit disparaître avec dextérité dans une de ses poches.

Puis, Cornélius s'éloigna tranquillement, après avoir pris congé de M. Steffel.

Au moment où, après l'avoir quitté, il traversait le parloir de l'asile, il fut abordé par un jeune homme qui se détacha d'un groupe au milieu duquel se trouvaient deux jeunes filles en deuil.

— Nous venons de France, dit le visiteur.

qui n'était autre que Paganot accompagné de Ravenel, de Mlle de Maubreuil et de la fille du naturaliste, et nous désirerions voir, si c'est possible, à cette heure, un des malheureux qui sont enfermés ici : Baruch Jorgell.

Cornélius eut un petit sursaut en entendant ce nom, et ayant jeté un coup d'œil rapide sur les personnages qui l'entouraient, il eut tôt fait d'être renseigné sur leur compte.

Il comprit qu'il s'agissait des parents et amis de M. Bondonnat. Dans un prompt éclair de pensée, il entrevit le danger d'une visite à Joë et, pour l'empêcher d'avoir lieu, dit froidement :

— Je suis le directeur de cet asile. Baruch est à tout jamais privé de raison. Il est devenu très dangereux et je ne peux permettre aucune visite.

Puis, il s'éloigna en laissant consternés les quatre jeunes gens qui avaient fondé beaucoup d'espoir sur cette entrevue.

Cornélius avait pris place dans l'automobile qui attendait devant la porte du Lunatic-Asylum et il ordonna à son préparateur Léonello, qui lui servait de chauffeur ce jour-là, de le reconduire à son domicile. Mais tout à coup, il se ravisa, et s'installant à la place de Leonello :

— Je vais conduire moi-même, lui dit-il ; tu vois ces gens qui sortent de l'asile ?

Et il désignait les deux jeunes filles et leurs compagnons :

— Tu vas les filer. Il faut absolument que tu saches où ils demeurent.

L'Italien s'inclina respectueusement, pendant que Cornélius s'acheminait à toute vitesse vers le poste téléphonique le plus voisin.

CHAPITRE V

LE CONSEIL DES LORDS

Le soir du jour où avait eu lieu l'arrestation dramatique du Lunatic-Asylum, le docteur Cornélius attendait, dans une attente fébrile, son frère Fritz et le faux Joë Dorgan — le sinistre Baruch — qu'il avait mandés par téléphone.

A eux trois, ils formaient le grand conseil directeur de la Main Rouge. Il était nécessaire qu'à la veille d'engager un périlleux combat, au moment où surgissaient de toutes parts des adversaires à redouter, le cynique trio tint ses assises.

Plusieurs coups discrètement frappés à la porte lui annoncèrent l'arrivée de ceux qu'il attendait.

— Eh bien ! s'écria Fritz qui entra le premier, il paraît que le directeur du Lunatic-Asylum est sous les verrous ?

— Oui, depuis quelques heures.

— On a donc des preuves de sa culpabilité ? fit Baruch, apparaissant à son tour. Il ne va pas, je suppose, commettre d'indiscrétions ? On ne sait jamais ce qu'un homme peut dire quand il est cuisiné par la police.

— La situation peut se compliquer, ajouta Fritz, et, d'un moment à l'autre, la Main Rouge peut être mise en cause.

— Cette affaire, dit Cornélius, n'est pas la cause unique de la pressante convocation que vous avez reçue. Vous croyez que le Dr Johnson « cassera le morceau », vous vous trompez. Sûr qu'il est de notre appui, car je le lui ai promis en présence même de M. Steffel, le chef de police, il restera muet à l'endroit de la Main Rouge, quels que soient les moyens inventés par la police pour le faire parler.

— Evidemment, conclut Fritz, Johnson n'est pas un imbécile.

— Cependant, il se fait pincer, reprit Baruch, et cela n'indique pas de sa part de bien grandes qualités intellectuelles.

— Laissons pour l'instant Johnson, dit Cornélius. Encore une fois, ce n'est pas de ce côté que je vois poindre le danger. Il faudrait, pour se faire une idée exacte de la situation, pénétrer dans un luxueux hôtel du centre de New-York dont Fred Jorgell est un des gros actionnaires.

— Preston-hôtel ?

— Vous l'avez dit.

— Mon père y fait des siennes ?

— Non, pas lui, le cher homme. Ses affaires l'obligent par trop à nous oublier pour qu'il songe aux vôtres.

— Alors ?

— Alors, dans cet hôtel se trouvent quatre nouveaux voyageurs dont la seule présence à New-York doit être pour nous significative. Je vous dirai tout d'abord que ce sont, comme dans la chanson, des oiseaux qui viennent de France.

— De France ?

— De ce charmant village où vous avez laissé dans certain manoir des souvenirs plutôt sanglants.

— Mlle de Maubreuil est ici avec son fiancé ?

— Oui, le couple a traversé l'Atlantique pour venir chercher cet excellent M. Bondonnat.

— Et ils ne sont pas seuls ? s'écria Fritz qui commençait à éprouver une légère inquiétude.

— Vous pensez bien que la fille du naturaliste accompagne son amie. Et comme ces demoiselles ne voyagent pas sans protecteurs, inutile de vous dire que M. Ravenel n'a pas laissé partir sans lui ses amies et l'ingénieur Paganot.

— Ce qui porte à quatre le nombre de nos ennemis, dit Baruch.

— Cela fait un peu plus d'un pour chacun de nous, ajouta philosophiquement Fritz Kramm.

— Oh ! ce sont des jeunes gens qui sont prompts à la besogne. Arrivés hier par le *Kaiser-Wilhelm*, ils ont déjà franchi le seuil du Lunatic-Asylum.

— Ils ont vu le fou ? dit Baruch en ouvrant de grands yeux inquiets.

— Non, pas encore.

— Tant mieux. Car on ne sait jamais, avec les fous, ce qui peut arriver.

Cornélius reprit :

— Ma foi, vous avez raison. On ne sait jamais. La preuve en est : que, pas plus tard que ce matin, notre dément commençait à raisonner d'une façon assez sensée.

— Il a recouvré la raison ?

— Ne dites pas il a, mais il allait peut-être ; d'ailleurs, j'ai essayé sur lui une injection anesthésique et stupéfiante qui nous débarrassera de lui pour longtemps, je vous en réponds.

— Mon cher, je vous admire.

— Moi aussi, Cornélius, je vous admire, ce qui ne m'empêche pas de me trouver à l'heure présente très mal à l'aise dans la nouvelle enveloppe que vous m'avez si gracieusement octroyée.

— Apprenez, Baruch, que l'on ne doit jamais se trouver mal à l'aise dans un épiderme offert par le mystérieux docteur Cornélius. Ma science vous a débarrassé de celui qui nous faisait obstacle, ma science vous délivrera aujourd'hui même des quatre pions qui, dans la grande partie d'échecs engagée, barrent la route que nous voulons franchir.

— Et vous avez, dit le cadet des Kramm, le pouvoir de nous débarrasser, sans trop d'inconvénients, de ces gênants personnages ?

Se levant lentement du siège qu'il occupait, le chef des lords de la Main Rouge se dirigea vers une armoire en acajou dans laquelle, derrière les vitrines, on apercevait des bocaux, des cornues, des seringues de verre et de multiples objets destinés à des usages problématiques. La légère porte du meuble eut un petit grincement. Le docteur passa sa main dans l'entre-bâillement et s'empara d'un objet qu'il vint aussitôt montrer à ses complices.

— Voyez, messieurs, dit-il, c'est cet appareil très simple qui va nous aider à déblayer le chemin du succès.

— Mais c'est un vaporisateur, s'écria Baruch.

— En effet, ce n'est pas autre chose qu'une sorte de pompe à bicyclette. Je ne vous souhaite cependant pas d'avoir à vous en servir pour votre usage personnel.

— D'un maître tel que vous, il faut tout attendre.

— Même la mort, ou plutôt le sommeil.

— C'est un soporifique ?

— Oui, messieurs, de cette pointe aiguë de métal, dont les parois sont intérieurement garnies de verre, il sort à volonté du demi-sommeil, du sommeil et de la mort. Vous faites manœuvrer cette poignée et immédiatement ceux qui hument le gaz qui se dégage de ce tube s'endorment lentement, lentement et, suivant la dose, se réveillent ou ne se réveillent pas.

— Et peut-on savoir quel est l'étrange produit dont vous emplissez le tube ?

— C'est tout bonnement du « chloronal ».

Et le docteur Cornélius, comme s'il eût fait un cours à la Faculté, fournit toutes les explications désirables sur le dangereux produit. Il expliqua la fabrication de ce liquide, se laissant aller à des détails très étendus sur l'application des doses et les différents procédés employés pour leur donner plus d'efficacité, et finit par dire qu'il s'agissait purement et simplement d'un puissant succédané du chloroforme.

— Voyez-vous, conclut-il, c'est le chloroforme réduit à son meilleur état de volatilisabilité, le chloroforme auquel j'ai pu enlever sa révélatrice et pénétrante odeur. Je n'ai pas besoin de vous expliquer ses applications. Vous avez vous-même deviné que, ce soir même, l'hôtel Preston recevra la visite d'hommes dévoués à la Main Rouge, qui introduiront dans les serrures la pointe métallique de ce minuscule appareil. Quand on se trouve en présence de quatre adversaires, il faut une arme de quadruple efficacité.

— Mais comment pourront-ils pénétrer dans l'hôtel ? fit Baruch.

— Comme on s'introduit dans une maison dont on vous ouvre les portes.

A ce moment la porte s'ouvrit et Léonello s'avança vers ses maîtres.

— Je viens de voir Burman et Gelstone à Preston-hôtel, fit-il, ils m'ont dit que tout était prêt, mais qu'il fallait user de beaucoup de précautions, car les jeunes femmes qu'ils ont servies eux-mêmes dans leurs chambres ont déclaré qu'elles leur trouvaient un air singulier et ont demandé à être servies par d'autres.

— Ces esclaves de la Main Rouge sont stupides, s'écria Cornélius en frappant la table du poing. Leur maladresse est insigne et d'ici vingt-quatre heures ils seront punis de leur maladresse. Léonello, tu vas te rendre immédiatement sur les lieux et tu feras en sorte que tous les renseignements utiles te soient fournis sur la situation. Le savant Bondonnat est à nous, on ne nous le ravira pas. La Main Rouge, qui étend ses griffes sur les plus belles terres de l'Amérique, ne succombera pas aux menées d'une poignée de Français.

Le docteur, généralement si calme, si pondéré dans son enthousiasme, avait pris une physionomie exaltée et farouche dont l'aspect ne fut pas sans inquiéter ses auditeurs. Se promenant de long en large dans le laboratoire, on eût dit un conférencier terroriste en train de pérorer.

— La Main Rouge, c'est toute votre vie, toute ma vie, s'écria-t-il, nul audacieux ne doit impunément la braver. La Main Rouge a édifié sa fortune dans le sang, la Main Rouge continuera de créer de la vie et de la mort, suivant ma volonté. Que tout le monde soit prêt ce soir. Vous entendez, Fritz et Baruch, ce n'est pas un brin de paille qui doit faire dévier le grand fleuve d'or sur lequel nous naviguons pour conquérir l'univers.

Peu à peu, le docteur Cornélius recouvra son calme et son sang-froid. Il serra successivement la main de ses compagnons et les quitta sur ce mot :

— La soirée sera décisive !... Soyons à la hauteur de notre tâche.

CHAPITRE VI

LES CHEVALIERS DU CHLOROFORME

Depuis l'arrivée à New-York d'Andrée de Maubreuil, de Frédérique et des fiancés des deux jeunes filles, le cœur d'Oscar Tournesol nageait dans la joie ; il y avait longtemps que le bossu ne s'était senti aussi heureux. Il se trouvait réuni à ceux qui constituaient sa véritable ou, pour mieux dire, sa seule famille, puis il était fermement persuadé que M. Bondonnat ne pouvait manquer d'être bientôt retrouvé et délivré.

Ce soir-là, Andrée et Frédérique s'étaient retirées de bonne heure, encore mal reposées des fatigues d'un long voyage ; l'ingénieur Paganol et le naturaliste Ravenel n'avaient pas tardé à leur tour à regagner leur chambre.

Oscar ne se sentait nullement sommeil, il eut l'idée d'aller respirer le frais sur la terrasse de l'hôtel, qui, sans être aussi somptueusement aménagée que celle du Grizzly-Club, était décorée d'orangers et de lauriers en caisse, à l'ombre desquels des bancs de jardin avaient été disposés.

Dédaignant de faire usage d'un des ascenseurs, le bossu monta par l'escalier les trois étages qui le séparaient de la terrasse et se trouva bientôt dans ce parterre aérien qui était alors absolument désert.

Il s'installa sur un banc et se mit à contempler tranquillement le panorama de la ville géante.

Il était à peine là depuis cinq minutes, lorsqu'il entendit s'ouvrir la porte de l'ascenseur.

— Qui donc peut venir ici à pareille heure ? se demanda-t-il anxieusement.

Et, d'un mouvement irréfléchi, il se dissimula derrière une haute caisse où se trouvait planté un laurier rose, et demeura immobile. Deux hommes entièrement vêtus de blanc étaient sortis de l'ascenseur, c'étaient sans nul doute des employés de l'hôtel, garçons de chambre ou stewarts.

— Personne, dit l'un d'eux ; nous serons très bien pour causer ; à cette heure-ci, à moins qu'il ne fasse de très fortes chaleurs, il n'y a pas un chat sur la terrasse, tous les voyageurs sont couchés.

L'autre, sans répondre, jeta autour de lui un coup d'œil circonspect, puis rassuré par cet examen :

— Non, dit-il à son tour, il n'y a personne, d'ailleurs j'ai surveillé l'ascenseur, il n'est pas monté un seul voyageur depuis une heure, tout le monde dort.

— Les Français aussi ?

— Oui, il y a longtemps qu'il n'y a plus de lumière dans leurs chambres.

Oscar dressa l'oreille, il savait qu'il n'y avait pas dans l'hôtel d'autres Français que les deux jeunes filles, leurs fiancés et lui-même ; en quoi cela pouvait-il intéresser ces deux employés de l'hôtel que les Français fussent ou non endormis.

— Le bossu dort-il aussi ? reprit le premier interlocuteur.

— Oh oui ! il doit dormir, il n'y a pas de lumière chez lui et je l'ai entendu souhaiter le bonsoir aux autres. Ils sont tous chacun chez eux. Je crois que le moment serait bon.

— Alors, c'est pour ce soir ? demanda l'autre en baissant la voix.

— Oui, mon vieux Tom, j'ai reçu les instructions des Lords de la Main Rouge, et j'ai l'instrument tout chargé.

Maintenant, Oscar était fixé, il savait qu'il se trouvait en présence de deux bandits en train de comploter quelque sinistre dessein contre ses amis les plus chers et contre lui-même. Au risque d'être découvert, il avança la tête un peu en dehors de sa cachette pour voir de quel genre était cet instrument tout chargé que les deux coquins examinaient au clair de lune.

A sa grande surprise, il vit un appareil métallique assez semblable à une pompe de bicyclette et terminé d'un côté par une poignée de bois, de l'autre par une pointe aiguë.

— Tu vois, expliqua à son complice celui qu'on avait appelé Tom, c'est simple et commode, voici la meilleure manière d'opérer. Tu regardes d'abord s'il n'y a pas de lumière dans la chambre, tu écoutes au besoin pour t'assurer que les personnes sont endormies, puis tu introduis dans la serrure la pointe qui est percée d'un tas de petits trous, comme une pomme d'arrosoir, puis tu pompes doucement, jusqu'à ce que le manque de résistance t'avertisse que le tube est vide.

— Et c'est tout ?

— Cela suffit, le tube est chargé d'une sorte de poison qui endort pour toujours ceux qui le respirent, et qui n'a pas d'odeur et ne laisse pas de traces.

— C'est merveilleux. Et c'est pour cela qu'on nous appelle les « chevaliers du chloroforme ».

— Oui, avec cette différence que ceci est bien supérieur au chloroforme que l'on employait auparavant, et qui a une odeur très violente sans posséder un effet aussi prompt. Il paraît que c'est une invention des savants de la Main Rouge.

Et il ajouta d'un ton pénétré de respect :

— Ce sont des gens puissants, ceux-là, il vaut mieux être avec eux que d'être contre eux.

— Pour sûr... Alors tous les Français vont y passer !

— Non, les deux jeunes filles seulement... c'est l'ordre. Par exemple, la Main Rouge tient beaucoup à ce que l'on ait l'air d'avoir pillé la chambre, à ce que l'on ait fouillé dans les bagages, pour faire croire à un vol ordinaire.

Les deux bandits continuèrent quelque temps leur conversation, réglant d'avance les moindres détails du crime qu'ils se préparaient à commettre, en gens habitués à de semblables expéditions. C'est ainsi qu'Oscar apprit que, sitôt leur forfait accompli, ils devaient sortir sans bruit de l'hôtel et gagner une auto qui les attendait à tout événement dans une rue voisine.

Derrière sa caisse, le bossu, plus mort que vif, se demandait comment il allait s'y prendre pour empêcher l'assassinat. Il eut bien la pensée de se jeter à l'improviste sur les bandits et de les effrayer, mais il réfléchit qu'il était sans armes, et les deux scélérats étaient de stature herculéenne. Le pauvre Oscar était en proie à une inexprimable angoisse, il avait le cœur serré, il étouffait ; chaque seconde qui s'écoulait lui paraissait longue comme un siècle.

Enfin, les deux affidés de la Main Rouge, dont le plan était maintenant concerté, s'installèrent paisiblement dans l'ascenseur. Ils avaient à peine disparu, qu'Oscar s'élança de sa cachette et se précipita vers la porte de l'escalier.

Il poussa une exclamation de rage et de désespoir, la porte était fermée à clef. Les bandits avaient-ils entendu du bruit, ou était-ce de leur part une simple mesure de prudence ; mais le fait brutal était là. Pendant qu'on assassinerait Andrée et Frédérique, l'adolescent serait forcé de demeurer sur cette terrasse d'où personne ne pourrait entendre ses cris d'appel.

— Que vais-je devenir? s'écria-t-il avec fureur. Et il s'enfonçait les ongles dans la chair jusqu'au sang. J'aurais dû me faire tuer, mais ne pas laisser descendre ces misérables... trouver un moyen de donner l'alarme !

Mais tout à coup une idée se fit jour dans son cerveau enfiévré. Il venait d'apercevoir, dans la pénombre, la masse grise d'une tente de coutil où les clients de l'hôtel venaient s'abriter contre l'ardeur du soleil. En un clin d'œil, il s'empara des cordes qui servaient à maintenir la tente, il les noua l'une au bout de l'autre, et il allongea encore le câble ainsi improvisé à l'aide d'une longue bande de coutil qu'il réussit à déchirer.

Sans vouloir songer un instant à la vertigineuse hauteur à laquelle il se trouvait, il attacha son câble à la balustrade de la terrasse.

Il savait que les chambres situées à trois étages au-dessous étaient munies de balcons assez spacieux, et son projet, hardi jusqu'à la témérité la plus insensée, était de se laisser glisser jusqu'à l'un de ces balcons, au risque de se rompre vingt fois le cou.

— Une fois sur un des balcons, se dit-il, je frapperai à la fenêtre et il faudra bien que celui ou celle qui occupe la chambre vienne m'ouvrir !... Le pis qui puisse m'arriver est d'être pris moi-même pour un malfaiteur et d'attraper quelques balles de browning ! Tant pis, je n'ai pas le choix des moyens...

Haletant d'anxiété, tremblant d'arriver trop tard, Oscar essaya une dernière fois la solidité du nœud qui rattachait son câble à la balustrade et se laissa glisser, non sans s'écorcher cruellement les mains et les cuisses. Enfin il mit pied à terre sur un balcon.

— Pourvu que cette chambre soit habitée, se dit-il repris d'inquiétude, ce serait le comble de la guigne d'avoir accompli un pareil tour de force pour atteindre une chambre vide !...

Les volets n'étaient heureusement pas poussés, il frappa rudement au carreau. L'habitant de la chambre, sans doute peu soucieux d'une visite à pareille heure, étant donné surtout que cette visite lui arrivait par la fenêtre, protesta avec la plus grande énergie, et, tournant rapidement le commutateur de l'électricité, apparut à Oscar en simple caleçon et en chemise de nuit, le browning au poing.

Oscar poussa un cri de joie ; sa bonne étoile ne l'avait décidément pas tout à fait abandonné. Dans le voyageur qui s'avançait vêtu ainsi sommairement, il avait reconnu l'ingénieur Antoine Paganot, le fiancé de Mlle de Maubreuil.

A la vue d'Oscar, l'ingénieur manifesta une vive surprise, mais, comprenant, aux gestes impérieux du bossu, qu'il se passait quelque chose d'extraordinaire, il se hâta d'ouvrir la fenêtre.

— Qu'y a-t-il donc? demanda-t-il dès qu'Oscar eut pénétré dans la pièce.

— Vite, hâtons-nous, donnez-moi un revolver, une arme quelconque, on est en train de tuer Mlle Andrée et son amie !...

En trois phrases rapides il expliqua la situation à l'ingénieur dont le visage se couvrit d'une sueur froide.

L'instant d'après, ils ouvraient la porte et s'élançaient dans le couloir le browning au poing, en appelant au secours de toute la force de leurs poumons.

Dérangés au milieu même de leur criminelle opération, les deux bandits, déchargeant leur browning au hasard, se précipitèrent vers l'ascenseur et disparurent.

Déjà, au bruit des cris et des détonations, les portes s'ouvraient, les clients de Preston-hôtel, arrachés brusquement à leur sommeil, apparaissaient, les uns furieux, les autres effrayés. Roger Ravenel, le fiancé de Frédérique, accourut aussitôt vers Oscar, dont il avait reconnu la voix, et celui-ci eut vite fait de le mettre au courant.

— Tenez, lui dit-il d'une voix haletante d'émotion en montrant un bizarre instrument, une sorte de pompe à bicyclette qu'il venait d'arracher de la serrure de la chambre où reposaient les deux jeunes filles, voilà l'outil meurtrier dont se servent les « chevaliers du chloroforme » !

Cependant, les trois Français ne perdaient pas un instant. Ils avaient rudement frappé à la porte de la chambre et n'avaient reçu aucune réponse ; maintenant ils essayaient de forcer la porte.

— Je tremble que nous arrivions trop tard, balbutiait l'ingénieur dont tous les membres étaient agités d'un tremblement convulsif.

— Il faut entrer à tout prix, rugit le naturaliste.

Et d'un formidable coup d'épaule il enfonça

la porte dont les ais craquèrent lamentablement et il pénétra dans l'intérieur de la pièce.

La rosace électrique du plafond montra les deux jeunes filles, dont le visage apparaissait d'une pâleur livide, étendues immobiles, les yeux clos, dans leurs lits.

— Elles sont mortes ! s'écria le bossu avec un sanglot.

— Ouvre la fenêtre, ordonna l'ingénieur, la première chose à faire est de renouveler cette atmosphère empoisonnée ! Hâte-toi ! Si nous respirions cinq minutes de plus cet air vicié, nous serions nous-mêmes intoxiqués.

Oscar s'empressa d'obéir, puis il courut chercher le médecin de l'hôtel. Pendant ce temps, l'ingénieur humectait d'eau froide les tempes de Mlle de Maubreuil et lui faisait respirer des sels, et Roger Ravenel prodiguait les mêmes soins à Frédérique ; mais ces révulsifs, ordinairement très efficaces, ne produisaient aucun effet. Les deux jeunes filles, dont le pouls ne battait plus que d'une façon imperceptible, gardaient leur immobilité et leur alarmante pâleur.

— C'est à devenir fou ! grommela l'ingénieur, rien n'y fait ! Le cœur bat de moins en moins fort !...

— Le temps passe et le médecin ne vient pas, ajouta Roger Ravenel en reprimant avec peine un sanglot...

« Si nous l'attendons, ajouta-t-il, elles sont perdues, nous ne devons compter que sur nous-mêmes.

— Vous avez raison, dit l'ingénieur qui déjà avait arraché une feuille de son carnet et griffonnait une ordonnance. Tenez, Roger, courez vite, ne perdez pas une seconde.

Antoine Paganot, nous avons omis de le dire, avait terminé de façon brillante ses études médicales et ce n'est que depuis qu'il avait abandonné la pratique pour la science pure.

Le naturaliste s'était élancé au dehors.

Il venait de sortir lorsque le bossu revint, accompagné d'un personnage à la mine cauteleuse qui n'était autre que le médecin. Ce personnage avait fait preuve d'une évidente mauvaise volonté ; Oscar avait dû employer presque la menace pour le décider à se lever et à venir.

— Il n'y a pas eu d'empoisonnement, déclara-t-il tout d'abord d'un ton péremptoire, je ne constate ici aucune odeur de chloroforme, nous sommes en présence d'une syncope toute naturelle et qui se dissipera d'elle-même.

— Ce que vous dites n'a pas le sens commun ! s'écria l'ingénieur avec emportement.

— Je vous ai dit mon opinion, répliqua le Yankee avec insolence, il ne me reste plus qu'à me retirer.

— Oui, allez-vous-en ! reprit l'ingénieur en serrant les poings. Je ne sais ce qui me retient de vous infliger une verte correction ; car de deux choses l'une : ou vous ne savez pas votre métier et vous êtes un ignorant, ou vous êtes complice des « chevaliers du chloroforme » !

Cette dernière phrase, que l'ingénieur avait prononcée au hasard dans le feu de la colère, parut produire une grande impression sur le médecin.

— Je ne sais pas ce que c'est que les chevaliers du chloroforme, balbutia-t-il en changeant de visage, mais je suis prêt à essayer de quelque révulsif pour faire revenir à elles ces charmantes misses.

— Inutile, monsieur, retirez-vous, je n'ai plus besoin de vos services, mais prenez garde que demain je ne porte plainte contre vous.

Le Yankee s'éclipsa sans mot dire, au moment même où Roger Ravenel rentrait chargé de flacons et de boîtes de pharmacie.

Avec une hâte fébrile, l'ingénieur pratiqua aussitôt sur les deux malades une piqûre de caféine dont l'effet fut immédiat ; elles ouvrirent les yeux presque aussitôt, en regardant autour d'elles avec stupeur, mais elles n'avaient pas encore conscience de ce qui se passait autour d'elles, elles n'étaient qu'à demi échappées à l'emprise du mystérieux poison.

Ce ne fut qu'après des inhalations d'oxygène pur et de nouvelles piqûres qu'elles reprirent enfin complètement connaissance. Alors elles rougirent et se troublèrent en se trouvant en simple toilette de nuit et couchées dans leurs lits en présence de leurs fiancés.

— Mesdemoiselles, expliqua Roger Ravenel en souriant, vous excuserez notre intrusion, mais vous couriez un grave danger, et sans le sang-froid et le courage de notre ami Oscar, je n'ose penser à ce qui serait arrivé.

— Que s'est-il donc passé ? demanda Andrée avec une ardente curiosité.

— Nous vous raconterons cela quand vous irez mieux, quand vous serez tout à fait remises de cette alerte.

— Nous sommes prêtes à tout entendre, répliqua Frédérique ; je devine déjà qu'il ne s'agit pas d'un accident ordinaire, nous avons dû être victimes de quelque tentative criminelle.

— Cela n'a d'ailleurs rien d'extraordinaire, ajouta Andrée ; notre présence doit certainement alarmer les misérables qui ont enlevé M. Bondonnat et les pousser à de nouveaux crimes. Parlez, monsieur Ravenel, nous sommes prêtes à tout entendre...

Avec des phrases prudentes, de façon à ne pas trop inquiéter Andrée et Frédérique, le naturaliste raconta le drame de la nuit, en insistant sur l'héroïsme réel qu'avait déployé Oscar Tournesol en cette occasion.

— Savez-vous, monsieur Ravenel, dit Frédérique, une fois que le récit fut terminé et que le bossu eut reçu sa juste part de remerciements et d'éloges, que ce qui nous arrive est plutôt encourageant.

— Comment cela ?

— Mais oui, si les ravisseurs de mon père ne tremblaient pas d'être découverts, ils n'auraient rien entrepris contre nous. Ils veulent se débarrasser de nos personnes, c'est donc que nos recherches les gênent, les inquiètent, et que nous sommes bien près, peut-être, d'aboutir à un résultat.

— Mais qui nous dit, objecta Andrée, que nous n'avons pas eu affaire à des malfaiteurs vulgaires ?

— Non, ma chère Andrée, ce que notre brave Oscar a entendu sur la terrasse est, je crois, assez explicite.

— Remarquez, d'ailleurs, ajouta l'ingénieur, qu'il n'y a pas longtemps, mistress Griffton — la propriétaire du family-house où Baruch fut arrêté — a été, elle aussi, victime des chevaliers du chloroforme ; le rapprochement de ces faits est, ce me semble, assez significatif. Il se pourrait bien que nous ayons d'ici peu l'explication du sanglant mystère qui nous entoure...

L'ingénieur Paganot, qui jusqu'alors était demeuré silencieux, se leva brusquement.

— Je crois aussi, s'écria-t-il, que nous sommes près d'aboutir à une solution... Mais avant toutes choses, il faut que j'analyse le redoutable liquide contenu dans l'engin qu'ont abandonné, dans leur fuite, les chevaliers du chloroforme.

— Je l'ai déposé là, sur le guéridon, dit Oscar.

— Il n'y est plus.

On chercha dans tous les coins de la pièce, l'engin avait disparu.

Evidemment, les bandits possédaient, dans l'hôtel même, d'étranges complicités. L'ingénieur, secrètement épouvanté, eut la sensation que les bandits étaient là, les entourant et assistant invisibles à toutes les conversations.

D'ailleurs, il est à peine besoin de le dire, toutes les recherches faites pour retrouver les deux malfaiteurs demeurèrent sans résultat.

CHAPITRE VII

DANS L'ILE DES PENDUS

Pendant que sa fille et ses amis se livraient à d'infatigables et périlleuses recherches, la situation du savant naturaliste, Prosper Bondonnat — toujours vivant et bien portant, heureusement — était des plus singulières, et, bien souvent, l'illustre vieillard en venait à se demander s'il ne rêvait pas tout éveillé, ou s'il n'était pas subitement devenu fou.

Ce qu'à présent les Lords de la Main Rouge attendaient de lui, c'était, on s'en souvient, des torpilles d'un nouveau modèle, des engins capables de détruire de grands navires sans laisser de traces, par des remous formidables artificiellement créés.

Obligé de céder à la contrainte, M. Bondonnat feignit de consentir à ce qu'on lui demandait, mais il s'était promis *in petto* que les appareils construits d'après ses plans présenteraient, une fois réalisés, de tels inconvénients qu'ils ne pourraient jamais devenir d'une utilité pratique pour les bandits qui avaient voulu le rendre complice de leurs pirateries.

En apparence, il faisait preuve de la plus grande docilité. Sa féconde imagination enfantait projets sur projets. Chaque semaine, des ballots d'épures étaient remis au représentant de la Main Rouge qui les expédiait aussitôt aux ateliers du continent.

Les bandits étaient très satisfaits de leur prisonnier ; il était arrivé à les éblouir, à les amuser, à leur inspirer confiance, et il comptait dans peu de temps les décider à la construction d'un appareil qui pût servir sa fuite.

Entre temps, il se distrayait en apprenant le français au Peau-Rouge Kloum, sur lequel il croyait pouvoir compter, et qui lui témoignait un attachement et une confiance extraordinaires. Kloum, avec l'adresse et la patience de ceux de sa race, était parvenu, en dépit des sentinelles, à scier deux planches de la palissade et chaque nuit il s'échappait dans l'île et rapportait à M. Bondonnat de précieux renseignements.

C'est dans une de ces courses nocturnes qu'il put parvenir jusqu'à lord Burydan qui, par suite de la position isolée du parc aux phoques, était surveillé beaucoup moins sévèrement. Dès lors, une correspondance régulière s'établit entre l'Anglais et M. Bondonnat.

L'excentrique lord s'ennuyait à périr. Obligé de servir des hommes brutaux et grossiers, il devenait neurasthénique, et dans chacun des billets écrits au crayon qu'il confiait à Kloum, il annonçait son prochain suicide à M. Bondonnat, si ce dernier ne trouvait pas à brève échéance un moyen d'évasion.

Le vieux savant l'exhortait à la patience, lui répétant que le projet de fuite qu'il avait conçu ne tarderait pas à aboutir, mais le temps s'écoulait sans amener, en apparence, aucun changement dans la situation des prisonniers.

M. Bondonnat, d'un caractère naïf et sentimental, comme beaucoup de savants de génie, puisait une certaine consolation dans l'amitié de son chien Pistolet. Le vieillard s'était amusé à tailler dans une planchette de bois tendre les vingt-quatre lettres de l'alphabet ; il continuait patiemment l'éducation du barbet, si brillamment commencée en France, par Oscar Tournesol.

Cependant, en présence des résultats obtenus par les travaux de M. Bondonnat, les bandits de la Main Rouge s'étaient quelque peu relâchés de leur surveillance ; un jour, le savant mit la main sur une armoire d'instruments de physique qu'on lui avait jusqu'alors soigneusement cachés, et il découvrit un équatorial et un sextant.

— Maintenant, s'écria-t-il joyeusement, je vais savoir où je suis. Avec ma montre à secondes, en voilà assez pour relever exactement la latitude et la longitude de l'île !

Il fit immédiatement le point et ses calculs lui donnèrent 47° de longitude nord et 161° de latitude ouest.

— Par conséquent, réfléchit-il, l'île des Pendus se trouve entre les îles Aléoutiennes et le port de Vancouver. Nous entrons dans la belle saison, le moment serait bien choisi pour une évasion.

Il ne dit rien de sa découverte à Kloum pour qui les mots de longitude et de latitude n'offraient aucun sens précis ; mais, par une *bizarre fantaisie, — vrai* caprice de savant, — il s'amusa patiemment à apprendre à Pistolet, et à lui faire composer avec ses lettres mobiles, la précieuse formule géographique qui ne devait sans doute être jamais d'aucune utilité pour le pauvre quadrupède.

D'ailleurs, grâce à ces leçons journalières, le barbet avait fait de surprenants progrès, il connaissait maintenant plus d'une cinquantaine de mots et ne se trompait jamais sur leur exacte signification.

A quelque temps de là, l'émissaire habituel de la Main Rouge, un personnage taciturne et grave qui répondait au nom de Sam Porter et possédait de réelles connaissances en mécanique et en chimie, demanda à M. Bondonnat s'il ne serait pas capable de donner les plans d'un aéroplane supérieur à tous ceux que l'on avait construits jusqu'alors.

Le savant réfléchit une seconde ; la question du bandit lui ouvrait d'inattendues perspectives.

— Il y a mieux qu'un *aéroplane, fit-il* ; je puis vous fournir les épures d'un appareil volant qui réunit les avantages du dirigeable et ceux de l'aéroplane, je l'ai nommé aéronef.

Le bandit ne pouvait s'empêcher d'être surpris de la bonne volonté que semblait mettre le savant à se dépouiller d'une découverte aussi importante.

— Donnez-nous le plan de votre aéronef, répondit-il, et je vous promets que vous en serez récompensé.

— Me rendrez-vous enfin la liberté ?

— Pas encore, mais je m'engage à faire parvenir à vos filles une lettre de vous, pourvu, toutefois, bien entendu, qu'elle ne contienne aucun renseignement de nature à nous compromettre, ni à faire connaître l'endroit où vous vous trouvez.

— Eh bien, soit ! acquiesça le savant, j'y consens, bien que je n'aie pas une énorme confiance dans la façon dont ma lettre arrivera à destination. Seulement mon aéronef est une délicate machine et il faudra que le montage et les essais aient lieu sous mes yeux.

— Vous n'espérez pas, peut-être, vous en servir pour vous échapper, reprit Sam Porter en jetant *à travers les trous de son masque* de caoutchouc un regard aigu sur le vieillard.

— Soyez tranquille, soupira hypocritement M. Bondonnat, vexé au fond de voir deviner sa pensée ; ce n'est pas à mon âge que l'on se met à faire de l'aviation.

— D'ailleurs, je serais là pour vous en empêcher.

Trois jours après, M. Bondonnat remettait les épures de son aéronef, qui excita chez les Lords de la Main Rouge un réel enthousiasme.

Voici en peu de mots ce qu'était l'aéronef de M. Bondonnat :

Qu'on se figure de gigantesques matelas, l'un horizontal et l'autre vertical, tous deux gonflés d'hydrogène. Des points de suture solidement cousus empêchaient les enveloppes de se distendre et de reprendre une forme ovoïdale. La section de l'appareil eût donné une croix à branches égales. Maintenu par une carcasse d'aluminium à charnières et à poulies, le plan vertical pouvait se rabattre sur le plan horizontal et réciproquement.

Cet ingénieux dispositif, que complétaient deux hélices, permettait d'assurer pratiquement la direction de l'appareil. Dans un courant d'air favorable, il se présentait verticalement et filait comme une voile gonflée. Fallait-il louvoyer ? il redevenait horizontal et progressait en vol plané.

A *l'arrière pendait un câble relié à* l'armature et où étaient accrochées cinq petites nacelles, dont l'une renfermait un puissant moteur électrique. C'est dans les quatre autres que devaient prendre place les passagers, un par un.

Par la combinaison des angles, des plans et du gouvernail, l'aéronef évoluait comme un véritable oiseau, suivant ou remontant les courants, s'élevant ou s'abaissant contre le vent.

Sam Porter fut tellement satisfait des plans de cet appareil qu'il autorisa M. Bondonnat à écrire à ses filles en lui promettant que la lettre parviendrait à destination.

Dans cette lettre, dont le bandit éplucha soigneusement tous les termes, M. Bondonnat expliquait simplement qu'il était vivant et en bonne santé, mais détenu par des capitalistes qui le retenaient prisonnier pour que rien ne pût transpirer des inventions secrètes auxquelles ils le faisaient travailler. Sans pouvoir fixer la date exacte de son retour, il l'annonçait pour une époque très prochaine.

M. Bondonnat se sentit plus calme après avoir remis cette lettre à Sam Porter. Il n'avait, on le pense bien, qu'une confiance très relative dans les promesses du bandit, et pourtant il se disait que l'on ne lui eût sans doute pas fait écrire cette lettre si l'on n'avait pas eu l'intention de la faire parvenir à son adresse.

La construction de l'aéronef fut poussée avec une activité fiévreuse. Chaque semaine, le yacht de la Main Rouge apportait des pièces détachées qui étaient aussitôt montées, sous la direction de M. Bondonnat, par Kloum, assisté de quatre robustes bandits.

Un mois, jour pour jour, après la remise de ses plans, M. Bondonnat eut la satisfaction de voir l'aéronef se balancer légèrement au souffle de la brise, retenu par un solide câble d'acier, amarré à un tourniquet placé en dehors du double chemin de ronde.

Une sentinelle, armée d'une carabine, montait la garde nuit et jour à proximité du câble.

Le vieux savant résolut de ne pas attendre le jour où devaient avoir lieu les épreuves décisives et il fit savoir, par Kloum, à lord Burydan qu'il eût à se tenir prêt à tout événement.

— Mon brave Kloum, dit un jour M. Bondonnat, c'est ce soir que nous quittons l'île des Pendus. Les accumulateurs sont chargés, les nacelles pourvues de vivres, et le fonctionnement des hélices, comme je l'ai vérifié ce matin, est excellent.

Kloum, si grave d'ordinaire, manifesta sa joie par une foule de grimaces et de contorsions bizarres. Et Pistolet, lui-même, s'associa par de joyeux aboiements à la satisfaction de son vieux maître.

Vers dix heures du soir, comme de coutume, les bandits, armés de lanternes, firent une ronde, puis les lumières s'éteignirent et dans le silence de l'île endormie on n'entendit plus que le grondement des vagues et le pas cadencé des sentinelles.

— Kloum, dit tout à coup M. Bondonnat au Peau-Rouge qui l'avait suivi dans sa chambre, voici l'heure. Tu vas sortir et tu vas aller chercher lord Burydan.

— Bien, monsieur.

— Quand il aura réussi à sortir sans encombre du parc des phoques, vous vous dirigerez sans bruit vers la sentinelle placée à côté du câble et...

Kloum, très taciturne de sa nature, fit du revers de sa main le geste de couper la gorge à quelqu'un.

— Non, pas cela !... protesta sévèrement le vieillard. Je ne voudrais pas acheter ma liberté au prix de l'existence d'un homme. Que lord Burydan se contente d'étourdir le bandit d'un coup de poing sans lui laisser le temps de pousser un cri. Cela fait, vous traiterez de la même façon l'homme qui monte la garde dans le chemin de ronde. Puis vous viendrez me chercher et nous partirons.

M. Bondonnat répéta deux fois ses recommandations pour être sûr que l'Indien les avait bien comprises. Enfin, Kloum se glissa silencieusement hors de l'habitation et se perdit dans les ténèbres.

Une demi-heure s'écoula. M. Bondonnat était violemment ému. Il lui semblait déjà que Kloum mettait bien du temps à revenir. Mais, tout à coup, Pistolet se dressa comme s'il eût flairé quelque ennemi. Et le vieillard, palpitant d'angoisse, crut à ce même moment distinguer dans le lointain les piétinements d'une lutte et comme un râle assourdi. Puis tout rentra dans le silence.

L'instant d'après, Kloum et lord Burydan pénétraient en coup de vent dans la pièce. Leurs vêtements étaient souillés de boue et un peu de sang se voyait aux poignets de l'excentrique lord.

— Vous êtes blessé, demanda vivement M. Bondonnat.

— Oh ! rien, fit l'Anglais, une simple égratignure... Un de ces coquins qui a voulu me gratifier d'un coup de bowie-knife pour m'empêcher de lui tordre le cou, mais j'ai serré un peu fort et je crains bien de l'avoir étranglé pour de bon.

— Partons vite, murmura le vieux savant. C'est dans une demi-heure qu'on relève les sentinelles, nous n'avons pas une minute à perdre.

Tous trois, ou plutôt tous quatre, car on n'eut garde d'oublier Pistolet, sortirent du laboratoire et se glissèrent avec précaution par l'étroite issue que Kloum leur avait ménagée en sciant quelques planches de la palissade. Ils arrivèrent sans encombre jusqu'à l'endroit du rivage où était amarré l'aéronef, que l'on voyait se balancer dans le ciel, à la clarté de la lune, comme un fantasque oiseau de rêve. Réunissant leurs efforts, les trois fugitifs firent manœuvrer le treuil et l'aéronef se rapprocha lentement de la surface du sol.

Dès qu'il eut pris contact, l'embarquement commença. Pistolet fut placé le premier dans la nacelle la plus élevée. Kloum monta dans la seconde et lord Burydan dans la troisième.

M. Bondonnat s'était réservé la quatrième, car c'était lui qui, à l'aide d'une hache solide dont il s'était muni, devait couper le câble métallique.

— Accélérons le mouvement, déclara lord Burydan. Il me semble voir aller et venir des lumières à l'autre extrémité de l'île.

M. Bondonnat se mit à frapper à coups redoublés sur le câble dont le métal sonore vibrait tumultueusement dans la nuit comme la corde d'une harpe éolienne.

A ce vacarme, des coups de feu éclatèrent dans toutes les directions. Des fanaux électriques s'allumèrent, montrant deux escouades de bandits qui accouraient au pas gymnastique.

M. Bondonnat continuait à frapper désespérément sur le câble qui, fabriqué avec des fils d'acier vanadié de première qualité, ne se laissait entamer que difficilement ; il n'était encore qu'à moitié coupé lorsque Sam Porter apparut, essoufflé et furieux, à la tête de ses hommes.

— Ah ! ah ! ricana-t-il, M. Bondonnat voulait nous fausser compagnie. Mais on ne quitte pas comme cela l'île des Pendus.

Et en même temps il saisissait le vieillard à bras-le-corps et essayait de l'arracher de la nacelle au rebord de laquelle il se cramponnait éperdument. Mais cette lutte ne dura pas dix secondes. Tout à coup, il y eut un craquement sec de métal qui se brise, et l'aéronef s'enleva d'un bond formidable vers les nuages, vainement salué par les bandits d'une salve de coups de carabine.

M. Bondonnat et Sam Porter, qui ne l'avait pas lâché, avaient roulé à terre, culbutés par la violence du choc.

L'audacieuse tentative était manquée. Le vieillard demeurait pour longtemps, pour toujours peut-être, prisonnier des bandits de la Main Rouge.

L'épisode du *Mystérieux Docteur Cornélius*, qui fera suite à celui qui se termine ici, aura pour titre : **Le Secret de Miss Ophélia.**

SCEAUX. IMP. CHARAIRE.

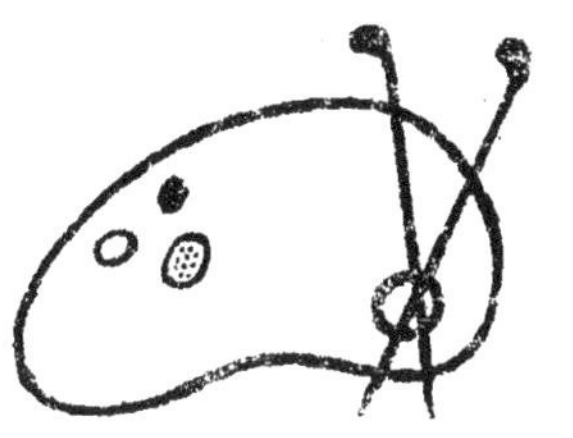

www.ingramcontent.com/pod-product-compliance
Ingram Content Group UK Ltd.
Pitfield, Milton Keynes, MK11 3LW, UK
UKHW012300240726
13966UKWH00004B/1512